www.tredition.de
© 2015 Andy McFeel
Verlag: tredition GmbH, Hamburg

ISBN
Paperback: 978-3-7323-3180-2
Hardcover: 978-3-7323-3181-9
e-Book: 978-3-7323-3182-6

Printed in Germany

Andy McFeel

über

Umwege

Andy McFeel

über

Umwege

Kapitel I

Wieder so ein November in Hamburg, Nieselregen, peit-schender Wind und die ganze Welt versinkt in Trübsal, mich eingeschlossen. Ach ja, mir hatte gerade meine zweite Ex-Frau mitgeteilt, dass ich auch diesen meiner Söhne nicht mehr sehen dürfte. Danke Schön!

Passt gut zu der Kündigung, die ich vor zwei Wochen er-halten hatte. Ich denke, dieses Wetter passt zu diesem Lo-ser wie ein zweiter Anorak.

Im Autoradio lief Joshua Kadison's Song

From a phone booth in Vegas

Jessie calls at five am

To tell me how she's tired

Of all of them

She says. Baby, I've been thinking

'bout a trailer by the sea

We could go to Mexico

You, the cat and me

We'll drink Tequila and look for seashells

Now doesn't that sound sweet

Andy McFeel

über

Umwege

Jessie you always do that everytime

I get back on my feet

Jessie, paint your picture, about how it's gonna be,

By now I should know better,

Your dreams are never free

But tell me all about our little trailer by the sea

Jessie, you can always sell any dream to me

Jessie, you can always sell any dream to me

Diese überaus erbaulichen Gedanken ereilen mich an einem Bahnübergang mit einem blinkenden Signal. (Du könntest jetzt die Abkürzung nehmen und diesem sinnlosen Leben ein Ende setzen.) Ich denke, Du brauchst nur das richtige Timing, das Du als Musiker doch wohl haben solltest, als mich eine Blinkreklame in einem Schaufenster fasziniert, einem Reisebüro. Ich weiß nicht, was mich da geritten hat, aber 2 Tage später finde ich mich an Bord eines Frachtschiffs wieder, das von Hamburg Kurs auf New York nimmt.

Ich habe es trotz aller meiner Zweifel und der nicht vorhandenen Geldreserven an Bord geschafft.

Während wir auslaufen, zieht mein Leben im Zeitraffer an mir vorbei. Was wollte ich nicht alles erreichen, eigene Firma, eigenes Haus, eigene Familie.

Andy McFeel

über

Umwege

Nicht, dass ich das alles nicht erreicht hätte, im Gegenteil. Nur war leider nichts von langer Dauer gewesen.

Wahrscheinlich deswegen segle ich jetzt meinem Leben davon, welches mir einmal zu viel um die Ohren geflogen war.

Ich kann einfach nicht mehr, wieder alles verloren, Job, Haus und Kinder.

Mit Mitte Vierzig zum dritten Mal in meinem Leben bei Null anzufangen, dazu fehlt mir zumindest derzeit einfach die Kraft. Also treibe mich die See, wohin sie mag, wie ein Herbstblatt im Wind.

Wie ging der Song noch…

"We could go to Mexico

You, the cat and me

And live in a trailer by the sea"

Oder so ähnlich …

Und ein anderer Song von „Boston" heißt

"Don't look back".

Also hör auf zu jammern, Alter, sage ich so zu mir, und genieße die frische Seeluft.

Andy McFeel

über

Umwege

Kapitel II

Am zweiten Abend nach dem Auslaufen lehne ich mich lässig an die Reling und lasse mir mein Verdauungszigarettchen schmecken.

Der Atlantik schaukelt uns ordentlich durch auf seiner ca. 8 Meter hohen Dünung, denn am Tag zuvor hatte es ordentlich gestürmt.

Unter immer noch wolkenverhangenem Himmel schaue ich auf die phosphoreszierenden Schaumkronen und hänge meinen Gedanken nach.

Was war das denn da am Horizont vor uns denke ich so nebenbei als eine Stimme neben mir ertönt:

„ Na, pass mal auf, dass Du nich über Bord gehst mien Jung. Hat noch `ne stramme Dünung".

Steffen, der Erste Offizier, will offensichtlich auch eine Priese Seeluft schnuppern.

„Keine Sorge, Erster, ich bin an der See groß geworden. Bin früher viel gesurft und gesegelt, meine Eltern hatten ein Ferienhaus an der Ostsee."

Steffen hatte sich seine Pfeife ins Gesicht gesteckt und meint: „ Wenn man so aufs Meer schaut kommt man sich manchmal bannig klein vor."

Darauf fiel mir nur ein „Da sagst Du was".

Andy McFeel

über

Umwege

Eine typisch norddeutsche, ausgiebige Unterhaltung halt.

Eine gefühlte halbe Stunde später verabschiedete sich Steffen wieder: „Na denn werd ick mal wedder op de Brück gohn. De Kaptain bruckt ock sin Schlof. Schön Abend denn noch, Andy."

„Dito, Steffen."

Kurz darauf nehme ich das Flattern des Segels wahr.

Der Frachter war als einer der ersten von einer Hamburger Firma mit einem Focksegel ausgestattet worden, was zu einer Treibstofferparnis von 20% führen sollte.

Als ich gerade darüber nachdenke, wie sinnvoll ich diese Erfindung finde erkenne ich, was sich vorher am Horizont nur erahnen ließ.

Ein auf den Wellen schaukelnder astloser Baum mit einem Segelboot darunter.

Als ich noch darüber sinniere, wieso da wohl niemand an Deck ist passiert das Undenkbare.

Der Frachter muss wohl in den Wind gedreht sein, jedenfalls kränkt das Schiff plötzlich nach Backbord und der überkommende Baum trifft mich im Nacken und wischt mich wie eine Riesenhand über Bord. Während ich falle muss ich noch an Steffens Worte denken: „Dass Du mir nur ja nich über Bord gehst, min Jung" da empfängt mich

7

Andy McFeel

über

Umwege

auch schon die See, eiskalte Arme umschließen mich und ziehen mich nach unten.

Aber das Kaltwasserbad hat auch meine Lebensgeister geweckt, so dass ich prustend wieder an die Oberfläche komme, nur um gleich wieder in einer Wasserwand zu versinken.

Der Frachter zieht seines Weges während ich wie ein Korken auf den haushohen Wellen tanze,…Welle kommt tauchen, Tal kommt auftauchen und versuchen zu atmen und immer wieder dieselbe Nummer. Hat mich das früher genervt, immer wieder „Honesty" spielen zu müssen. Heute würde ich dieses Erlebnis gern damit tauschen.

Was im Nachhinein vielleicht ein bisschen verharmlosend klingt, denn zwischen Wellenkamm und Wellental fand immer so ein kleines Ertrinken statt.

Ich muss das Atlantik Wasser wirklich gemocht haben, denn gefühlte Liter habe ich entweder eingeatmet, ausgespuckt, oder runter geschluckt.

Wahrscheinlich müsste ich eigentlich schon tot sein, da man doch kein Salzwasser trinken darf, und ich habe das gezwungenermaßen einfach mal so gemacht. Irgendwie haben die Ärzte auch keine Ahnung. Aber diese Erkenntnis ist mir nicht neu. Da habe ich durchaus meine Erfahrungen mit meinen Söhnen gemacht.

Andy McFeel

über

Umwege

Als mich eine weitere Seewand erschlägt, beschließe ich, diese Gedanken an einem anderen Tag weiter zu verfolgen und vor allem an einem anderen Ort.

Als ich mich umdrehe, sehe ich wieder den in der See schwankenden baumlosen Ast und erkenne die einzige Chance für mich, wenn ich denn eine habe. Ich muss an den Spruch denken, „Du hast keine Chance also nutze sie."

Also versuche ich in Richtung der Yacht zu schwimmen. Glücklicherweise scheint der Wind die Yacht auf mich zu zutreiben während Strömung und Wind mich ihr entgegen werfen. Frierend und am Ende meiner Kräfte komme ich schließlich so nah an das Boot, dass ich eine Leine greifen kann, die über Bord hängt. Mit allerletzter Anstrengung hieve ich mich über die kleine Reling und stürze auf das Deck der Yacht, wo ich schwer atmend und völlig ausgepumpt liegen bleibe.

Die Klamotten nass und schwer am Körper, durchgefroren bis auf die Knochen bleibe ich erstmal einfach so liegen und lasse mich von der Dünung fasst in den Schlaf schaukeln.

Doch mein Gehirn schlägt Alarm und droht mit Tod durch erfrieren, was nach meinem erfolgreichen Tanz auf den Wellen ein relativ sinnloser Tod wäre.

Also raffe ich mich nach endlosen Minuten, die im Flug vergangen waren auf, robbe zur Kajütentür bis mir einfällt, dass der darauffolgende Niedergang unter Umständen besser auf 2 Beinen zu bewältigen wäre. Mehr strauchelnd als gehend tropfe ich die Treppe hinab.

Unten angekommen und anscheinend der unmittelbaren Gefahr entronnen, schaltet mein Gehirn vom Überlebens- in den Denkmodus und Yoda sagt zu mir:

„Trockene Sachen Du brauchst."

Kapitel III

In diesem Moment bereits verschwende ich keinen Gedanken mehr an das weiterziehende Schiff, denn auch ich würde weiterziehen sobald ich trocken gelegt war und die Yacht richtig in Besitz genommen hatte. Na ja, vielleicht nicht sofort, aber dann.

Aus einem unerfindlichen Grund hat mich das Schicksal in eine Situation gezwungen, in die ich mich selbst wohl nie getraut hätte, mich gleichzeitig aber auch mit dem Mut ausgestattet, nur nach vorn zu blicken und innerhalb der gegebenen Möglichkeiten zu denken.

Ich bin froh, an der Ostsee aufgewachsen zu sein, wo ich natürlich als Windsurfer und Segler auch die ein oder andere Havarie erlebt habe, mich aber immer auch habe daraus befreien, bzw. retten können.

Andy McFeel

über

Umwege

Auch wenn der Atlantik eine andere Hausnummer ist als die Ostsee. Ich kann zwar als Küstenwassersportler nicht navigieren, aber wenigstens kann ich segeln.

Ist doch schon was. Daher stattet diese Erfahrung mich mit einigem Selbstvertrauen aus, dass ich aus dieser Nummer auch wieder heil rauskommen werde.

Vielleicht sogar besser gestellt als ich in dieselbe hinein geraten war. Immerhin bin ich jetzt stolzer Besitzer einer ca. 35 – Fuß – Yacht, vielleicht nicht der Eigentümer, aber da müsste man das Seerecht bemühen, um das herauszufinden. Ich muss jetzt jedenfalls erst mal trockene Klamotten finden. Also los. Nachdenken kann ich auch noch, wenn ich nicht mehr zittere als hätte ich Parkinson.

Ich untersuche sämtliche Schotts und Luken, durchstöbere alle Schränke bis ich endlich eine Hose, T-Shirt und einen Pullover finde, die mir zwar ein bisschen zu groß aber wenigstens trocken sind.

Tatsächlich sogar ziemlich edle Klamotten, also der ursprüngliche Besitzer dieser Yacht besaß offenbar mehr als nur diese Yacht.

Andererseits, wenn er bei dem Sturm vor 2 Tagen über Bord gegangen ist, trägt jetzt wenigstens jemand seine Sachen auf.

Irgendwie ein bisschen ein makaberer Gedanke, sei's drum, ich kämpfe hier schließlich ums Überleben.

Andy McFeel

über

Umwege

Ich versuche, mich zu orientieren in diesem in der 8 Meter Welle schlingernden Boot, hole mir etliche blaue Flecken und denke, so Welle, jetzt ist es genug. Was tun.

Ich hatte mal etwas gehört von einem Fluganker, der das Boot immer gegen die Welle ausgerichtet hält, also mit dem Bug zur Welle. Kann natürlich ein Märchen sein oder der Beginn von Alzheimer aber einen Versuch ist es wert. Ich werde mich anschließend an meinen Fehler ja sowieso nicht mehr erinnern können.

Aber wie funktioniert so ein Teil. Klar befindet sich am Bug ein Anker, so er nicht abgerissen ist.

Wenn ich den werfe, dreht sich das Heck doch in die Welle und ich bin völlig am Arsch…oder denke ich falsch… wenn ich im Flachwasser den Anker werfe, dreht sich der Bug in den Wind, bzw. in die Welle, also genau das, was ich will, denke ich während ich

mal wieder von der einen auf die andere Seite geschleudert werde und mir den hundertsten blauen Fleck hole. So langsam tut mir echt alles weh.

Zurück zur Theorie, was passiert, wenn ich den Anker werfe und dieser keinen Grund findet. Jetzt kommt auch noch Wasser durch die Kajütentür, so langsam muss ich mal zu einer Lösung kommen. Scheiß auf die Theorie, ich werfe jetzt Anker und dann werde ich ja sehen was passiert.

Also quäle ich mich die Treppe hinauf. An Deck wird's dann richtig spannend, von Backbord sehe ich diese Wassermassen kommen und an Steuerbord blicke ich in den Abgrund einer tiefen Schlucht, auch Wellental genannt. Ich sehe diese Wellenberge auf mich zu rollen und teilweise auch überkommen und fühle mich 20 Jahre jünger.

Ich balanciere die Wellen aus auf meinem Weg zum Bug und habe einen Heidenspaß. Ich habe mich seit Jahren nicht so am Leben gefühlt und genieße jede Sekunde. Irgendwann habe ich den Bug erreicht und es gelingt mir, den Anker zu werfen.

Also surfe ich über das Deck zurück und falle mehr als das ich gehe die Treppe hinunter. Ich schließe die Kajütentür und setze mich auf die Eckbank in der

Kajüte in Erwartung dessen was da wohl kommen mag.

Es dauert eine gefühlte Ewigkeit während der meine blauen Flecken reichlich Nachwuchs bekommen bis sich end-

Andy McFeel

über

Umwege

lich die alte Ziege in die Welle dreht, und nur noch Bug über Heck schaukeln und sie sich seitlich einigermaßen stabilisiert.

Schwein gehabt, Alter, denke ich, lege mich auf die Seite und falle in einen tiefen traumlosen Schlaf der Erschöpfung.

Kapitel VII

Ich werde ziemlich unsanft geweckt als ich auf dem Kajütenboden lande, da das Boot offenbar von einer großen Welle seitlich getroffen wurde. Hatte mein Fluganker sich losgerissen? Auf ein paar blaue Flecken mehr oder weniger kam es jetzt auch nicht mehr an. Was war hier los.

Also steige ich die Treppe zum Deck hinauf, nur um eine riesige graue Wand zu sehen, die um Haaresbreite an meinem Heck vorbeizog, ein Riesentanker, der nicht einmal versucht hatte, mein Boot zu sehen. Wahrscheinlich auf Autopilot während sich die Besatzung die Kanne gibt.

Scheiße, zum zweiten Mal in zwei Tagen einen riesen Dusel gehabt. Wie viele Leben habe ich wohl noch. Erst als der Tanker sich gen Horizont verabschiedet und seine Heckwelle sich verlaufen hat, bemerke ich, dass auf den vorgestrigen Sturm nun ein wundervoller Morgen gefolgt ist. Die Dünung hat sich gelegt, absolute Stille, ich atme

Andy McFeel

über

Umwege

die frische Seeluft ein und denke, Mann, kann das Leben schön sein.

Als mich mein knurrender Magen daran erinnert, dass die Sonne schon fast im Zenit steht, will ich in die Kombüse zurück, um nach Essbarem zu suchen als ich plötzlich ein Prusten vernehme. Das glaube ich jetzt nicht, taucht da direkt neben meiner Yacht ein riesiger Buckelwal auf und schaut mich mit seinem Riesenauge direkt an, als wollte er sagen:

„Willkommen in meiner Welt".

Das erinnert mich doch irgendwie an Spielbergs „Encounter of a third kind", aber trotz meiner erschöpften Überraschung versuche ich diese Begegnung zu genießen.

Ich erzähle dem Wal mein halbes Leben während er mich mit unendlich weisen und geduldigen Augen betrachtet, (tatsächlich sehe ich natürlich immer nur sein linkes, da er an Steuerbord längsseits liegt), aber ich habe das Gefühl, dass dieser Daseinskollege mich ermutigen möchte, mich meinem aktuellen Schicksal mit allem dazugehörigen Mut zu stellen. Und ich nehme mir vor, ihn nicht zu enttäuschen.

Ich will schon nach Steuerbord gehen und versuchen, ihn zu streicheln, aber das wird ihm dann wohl doch zuviel und er taucht ab.

Andy McFeel

über

Umwege

Aber der Wal vermittelt mir das Gefühl, von meiner neu-
en nassen Welt angenommen worden zu sein und bei Gefahr beschützt zu werden.

Klingt total bescheuert, aber das ist das Gefühl, das mich
nach dieser „Begegnung der etwas anderen Art" durch-
strömt. Aber das Grummeln in meinem Bauch holt mich
schnell zurück. Zurück in der Kombüse öffne ich alle
Schränke und mache Inventur.

Ein paar Dosen hiervon und davon, ein Dutzend Eier,
eine Schachtel Kekse, ein paar Dosen Bier, ein guter
Scotch "God save the Queen", und einige wenige Flaschen Wasser. Mir wird klar, dass das vermutlich mein
dringlichstes Problem werden wird, Trinkwasser. Ohne
Essen kann man Wochen, ohne Wasser nur wenige Tage
überleben.

Also rationieren.

Ich stelle mir einen Speise- und Trinkplan auf.

So, das wäre erledigt, was nun.

Wo zum Teufel auf dieser großen Badewanne befindest
du dich eigentlich? Apropos Badewanne, vielleicht finde
ich in der Nasszelle ja noch Süßwasserreserven. Sofort im
Gedächtnis notiert, waschen wird in den nächsten Tagen
oder Wochen entweder zur Nebensache werden, oder mit
dem Wasser des Atlantiks stattfinden müssen. In dem
Schott über dem Herd finde ich eine Seekarte und be-

Umwege

dauere zugleich, bei dem Frachtschiffkapitän nicht einen Navigationskurs belegt zu haben. Wahrscheinlich hätte ich den Kapitän noch vor meinem Sturz in die Wellen nach unserer aktuellen Position fragen sollen.

Blöde Gedanken, also weg damit.

Klar denken ist angesagt.

Dafür brauche ich `ne Fluppe und frische Luft.

Beim nochmaligen Durchstöbern aller Schränke und Fächer finde ich tatsächlich eine Stange Zigaretten. Mann, dies scheint mein Glückstag zu sein, aber bitte schön einteilen.

Wer weiß wie lang dieser Törn werden wird.

Die Seekarte in der einen, die Zigarette in der anderen Hand begebe ich mich an Deck, um einen klaren Kopf zu bekommen, inklusive einem kleinen

Überblick über die Lage, in der ich mich befinde. Klingt irgendwie gefechtsmäßig.

Herr General, wie ist die Lage?

Also, gestern war Mittwoch, was mich darauf aufmerksam macht, dass ich dringend einen Kalender führen muss. Robinson Crusoe lässt grüßen, da meine Uhr natürlich im kalten Nordatlantik ihren Geist ausgehaucht hat.

Andy McFeel

über

Umwege

Ausgelaufen sind wir am Montagmorgen um 08:00 Uhr. Mit 6 Knoten die 120 km die Elbe rauf macht, oh ha, jetzt ist Kopfrechnen angesagt.

Also etwa 10 km/Std. macht 12 Stunden.

Also abends um acht ab in die Nordsee, volle Fahrt voraus.

So ´ne Container-Gurke macht ca. 18 Knoten, also ca. 30 km/Std., wenn ich mich nicht total vertue ist die ungefähre Formel km x 1,67=Knoten, aber so richtig exakt würde ich meine Position eh nur bestimmen können, hätte ich Navigationsbesteck und würde mich mit Sternenbildern auskennen, was beides nicht der Fall ist.

Bevor ich weiter rechne stelle ich mir die Frage, wo ich eigentlich hin will. Ich weiß aus Fernsehberichten, dass, wenn man aus Europa mit dem Nord-Ost-Passat schön auf Raumschot - Kurs, wie vor uns schon Kolumbus, vor sich hinsegelt, man automatisch in Barbados ankommt.

Nicht nur wegen der Faulheit der Seeleute. Hat auch mit Strömungen und so zu tun.

Barbados klingt jetzt nicht so schlecht in meinen Ohren. Also warum nicht einfach Segel setzen und ab dafür. Vor meinem inneren Auge erscheint die Weltkarte so wie ich sie als Reiseverkehrskaufmann gelernt habe. Eigentlich muss ich nur immer nach Westen segeln, dorthin, wo früher Indien war und heute die Karibik ist. Woher weiß ich

Andy McFeel

über

Umwege

nun, wo Westen ist? Mich ständig am Sonnenstand zu orientieren dürfte einigermaßen schwierig werden.

Bis mir einfällt, dass ja wohl an Bord einer solchen Yacht ein Kompass vorhanden sein sollte. Also begutachte ich den Ruderstand und siehe da, neben dem Kompass gibt es sogar ein GPS. Mann, war ich gedanklich in der technischen Steinzeit, aber mit diesem Teil musste ich mich erst einmal vertraut machen. Ich bin alles andere als ein Tekkie.

Nach all diesem Kopfkino bekomme ich Lust etwas zu tun. Squashen oder Fußball spielen fallen aus, also wie wär´s mit Segeln.

Das letzte Mal ist lange her, aber ich rede mir ein, dass man segeln genauso wenig verlernt wie Fahrradfahren.

Also mache ich mich mit den Winschen, Fallen und Schoten vertraut und los geht's. Learning by Doing.

Ich beschließe, das Großsegel zu setzen und erst danach den Anker zu lichten, um nicht schon vorher in die leichte Welle zu drehen, aber das ist ´ne Scheißidee, der Baum haut mir nur so um die Ohren, da der Anker uns im Wind hält (also Wind von vorn), so dass das Segel nur von Backbord nach Steuerbord schlägt und zurück.

Lektion gelernt, also Segel wieder runter, Anker hoch, Segel wieder hoch und ich weiß schon jetzt, dass ich morgen einen tierischen Muskelkater haben werde.

Andy McFeel

über

Umwege

Aber im Vorliek des Segels fängt sich die erste Brise, es gelingt mir, aus dem Wind abzufallen, und denke auf Backbordbug (Segel links) müsste ich gemäß der Weltkarte in meinem Kopf mit einem Nordost-Passat im Rücken, wie er auf der Nordhalbkugel herrscht, auf Raumschotkurs gen Westen segeln.

Und der Kompass gibt mir recht.

Kapitel VIII

Ich hatte längst vergessen, wie geil es ist zu segeln, eins mit den Elementen zu sein. Ich hatte mittlerweile herausgefunden, dass ich per Knopfdruck das Focksegel setzen konnte (Segel vorn) und es sogar bis zur Genuafock ausfahren konnte, also eine Großfock, die in etwa die Segelfläche des Großsegels hat.

Der Vorteil ist, dass man mehr Segeldruck über dem Vorschiff hat, so dass das Boot nicht ständig anluven will (in den Wind drehen) und man somit ständig dagegen "anrudern" muss. Ich würde gern für maximale Speed noch einen Spinnacker setzen, aber das würde meine seglerischen Fähigkeiten bei weitem übersteigen.

Ich stehe also im Ruderstand auf das linke Bein gestützt, da die Yacht schön kränkt (schräg liegt), auf Raumschotkurs, die Welle schön von halb achtern, so dass ich sie

Umwege

runtersurfen kann und fühle mich wie Christopher Columbus auf dem Weg, eine neue Welt zu entdecken.

Während die Sonne vor mir langsam auf den Horizont niedersinkt frage ich mich, was mache ich eigentlich nachts? Vielleicht muss ich ja irgendwann mal schlafen. Ich stufe dies als eher rhetorische Frage ein und erinnere mich an Berichte über Einhandsegler, die allein um die

Welt gesegelt sind, offensichtlich ausgestattet mit Antikollisions-Warngerät und einer Form des Autopiloten.

Es dämmert mir, dass der alte Jollen- und Katamaransegler und Windsurfer sich besser jetzt als gleich mit den technischen Gegebenheiten einer modernen Yacht auseinandersetzen sollte.

Auf noch einmal soviel Glück wie heute Morgen sollte ich besser nicht hoffen.

Ich konstatiere, dass ich erstmal so etwas wie eine Bedienungsanleitung finden müsste und wahrscheinlich Stunden brauche, um diese auch nur halbwegs zu verstehen.

Was also ist zu tun, jetzt kurz vor Sonnenuntergang? Ich hatte den Nachmittag über immer wieder Silhouetten vorbeifahrender Fracht- und Containerschiffe gesehen, aber alle an Steuerbord. Daher vermute ich, dass dort der Hauptwasserweg zwischen Amerika und Europa liegt.

Also beschließe ich, eine Halse zu fahren und direkt auf Halbwind nach Süden zu segeln, um möglichst viele Seemeilen zwischen mich und diese blinden Kolosse zu bringen solange es das Tageslicht noch zulässt.

Ich hatte mir überlegt, ein bisschen in den Abend hinein zu segeln, dann die Segel zu bergen und den Fluganker zu setzen. Alles andere wäre Selbstmord.

Ich weiß ja nicht einmal, wo ich die Positionslichter einschalte. Nein, jetzt erstmal nach Instinkt versuchen, aus der Gefahrenzone zu kommen und dann auf weiteres Glück hoffen und eine Betriebsanleitung für dieses Schiff zu finden. Ach ja, wo ich gerade dabei bin, mein Magen meldet sich schon wieder und wo sind eigentlich die Zigis?

Kapitel IX

Am Morgen erwache ich in dem Doppelbett der Schlafkabine, in das ich mich spät abends ordnungsgemäß gebettet hatte. Die Begegnung mit dem Kajütenboden am Morgen zuvor war mir Lehre genug.

Ich hatte tatsächlich am Abend zuvor ein amerikanisches Handbuch in dem Schott über dem Herd gefunden, der auch meine so innig geliebten Zigis beherbergte.

Den Rest des Abends verbrachte ich mit dem Studium der Anleitung und versuchte, im Ruderstand und der Kajüte die entsprechenden Knöpfe und Armaturen zu finden.

Andy McFeel

über

Umwege

Mit dem befriedigendem Gefühl neu erworbener Kenntnisse steige ich aus dem Bett.

Ich schlage mir ein paar Eier in die Pfanne, jeden Gedanken an ein potentielles Ablaufdatum verdrängend, denn irgendwas muss ich schließlich essen.

Anschließend gehe ich mit meiner dampfenden Kaffeetasse an Deck und zelebriere einen neuen Morgen unter einem wolkenlosen Himmel, natürlich mit der dazugehörigen Zigarette. Nachdem ich meine Morgentoilette "meerseitig" erledigt habe, lichte ich den Anker, diesmal bevor ich die Segel setze.

Kurs West, Richtung Karibik und los geht's.

Ich habe wieder den Nord-Ost-Passat im Nacken, gute 4 Beaufort in beiden Segeln und reite auf den Wellen der Sonne entgegen. Wieso kann ich mich an keinen Tag der letzten 30 Jahre erinnern, an dem ich das Dasein so genossen habe? Irgendwas ist da in meinem Erwachsenenleben wohl schief gelaufen. Jetzt freue ich mich wie ein kleiner Junge über jede gut abgesurfte Welle und die Minuten werden zu Stunden, bis mich die sinkende Sonne und mein knurrender Magen an das fällige Abendbrot erinnern. Und wo sind eigentlich die Zigaretten.

Ich habe letzte Nacht festgestellt, dass mein Bootchen über einen Autopiloten verfügt und genau diesen aktiviere ich jetzt und wende mich meinem üppigen Mahl aus ein

Umwege

paar Keksen und einer Dose Bier zu, nicht ohne vorher
die Positionslichter eingeschaltet zu haben.

Die Yacht hält tatsächlich Kurs, so stehe ich anschließend
an Deck, blase blaue Wölkchen in die Luft und beschließe, so lange weiter zu segeln, bis mir die Augen zufallen,
da ich tagsüber auch keine anderen Schiffe gesichtet hatte.

Kapitel X

Am Nachmittag des nächsten Tages taucht am Horizont
so eine Ahnung von Land auf, wo nach meinen unzuläng-
lichen Berechnungen nach noch keines hätte sein dürfen.

Ich hatte wohl bemerkt, dass es mit jedem Segeltag wär-
mer wurde, dachte aber, dass die Karibik noch mindestens
2 oder 3 Segel-Tage entfernt wäre. Bin mal gespannt, auf
welcher Insel ich lande, und vor allem, wie.

Vielleicht sollte ich mich mal mit dem Diesel auseinandersetzen. Ich werde kaum nach einem eleganten Auf-
schiesser (in den Wind drehen) anlegen können. Das Anlegen wird auch unter Motor Abenteuer genug, schließlich hab ich das noch nie gemacht.

Aus der Ferne sehe ich Palmen gesäumte Strände und
eine Stadt voller Kolonialbauten. Aber dies trifft auf viele
Karibik-Inseln zu.

Andy McFeel

über

Umwege

Gerade als die Dunkelheit hereinbricht und Lichter den Hafen erhellen, rausche ich unter Segel in den Hafen. Jetzt heißt es, Segel runter, Diesel an und vorsichtig an einen Steg herantasten.

Offensichtlich habe ich schon Aufsehen erregt, denn eine Menschentraube drängt sich auf den Steg, fängt meine Leine und hilft mir willig, mein Boot fest zu machen.

Erst jetzt entdecke ich 2 Soldaten in der Menge.

Einer der beiden fühlt sich verpflichtet, an Bord zu kommen und seinen Karabiner auf mich zu richten.

"Hablo Espagnol, Senor?"

"No hablamos Espagnol" war mein einziger spanischer Satz, den ich konnte, da ich dachte, es macht Sinn, den Spaniern auf Spanisch erklären zu können, dass ich kein Spanisch kann. Logisch? Wahrscheinlich nicht, aber was ist schon logisch im Leben.

"Nationalidad" blaffte er mir entgegen.

"Aleman".

"Ah dasss issst gutt. Kommen Sie bitte mit zum Konsulat, damit wir Ihnen ein Visum ausstellen können. Wie lange wünschen Sie zu bleiben, Senor?", während er mich untergehakt von Bord holt und Richtung Stadt bugsiert.

Andy McFeel

über

Umwege

Es stellt sich heraus, dass das Konsulat natürlich schon geschlossen hat und der Soldat mir ein Zimmer in seiner Wohnung für nur $ 10 die Nacht anbietet. Oma schläft heute bei den Kindern.

Ich schlage vor, auf meinem Schiff zu übernachten, doch davon will er nichts wissen. Schließlich willige ich ein und er präsentiert mir voller Stolz ein völlig verschrottetes Zimmer mit den Worten:

"Bienvenidos en Kuba, Senor."

Kapitel XI

Am nächsten Morgen erinnert mich mein Brummschädel daran, dass der Zustand meines Zimmers mich veranlasst hatte, die halbe Nacht auf einem Küchenstuhl zu verbringen, leckeren Rum zu schlürfen, weniger leckere Zigaretten zu rauchen und meinem neu gefundenen Freund meine Odyssee haarklein zu erzählen.

Wie bestellt öffnet sich vorsichtig meine Zimmertür mit einem gemurmelten "Senor, das Konsulat könnte jetzt geöffnet sein".

Andy McFeel

über

Umwege

Ich springe aus dem Bett, benetze meine Haarspitze mit dem spärlichen Nass, das da aus dem Hahn tröpfelt und denke, für kubanische Verhältnisse muss das reichen.

Sodann schreiten wir zur Tat und besorgen für mich die erforderlichen Papiere.

Aber das ist schon eine Aktion.

2 Stunden zu warten scheint obligatorisch zu sein, vielleicht ist das ausgiebige Frühstück die einzige Mahlzeit am Tag für die hiesigen Beamten, denn außer mir wartet niemand auf deren Dienste.

Alfredo und ich vertreiben uns die Zeit, indem wir uns gegenseitig unser bisheriges Leben erzählen, auf dem Weg, Freunde zu fürs Leben zu werden. Schließlich ist es soweit und man erbarmt sich unser. Die strenge Miene der Beamtin verheißt nichts Gutes und jetzt erst wird mir der Ernst der Lage bewusst.

Immerhin bin ich widerrechtlich in fremdes Hoheitsgebiet eingedrungen und man könnte mich standesrechtlich erschießen. Andernfalls war ich nicht der Klassenfeind. Oder etwa doch?

Diese Frage wird noch zu erörtern sein, vermute ich. Wir treten also ein in das Büro der gestrengen Dame und das Verhör beginnt.

Officer: Warum sind Sie nach Kuba gekommen?

Andy McFeel

über

Umwege

Andy: Ich wollte gar nicht nach Kuba kommen.

O: Warum wollten Sie nicht nach Kuba kommen?

A: Ich wollte schon immer mal nach Kuba; ist doch total schön hier.

O: Warum sagen Sie dann, Sie wollten gar nicht nach Kuba?

A: Ich hatte ein Schiff von Hamburg nach New York gebucht.

O: Sie sympathisieren also mit dem Klassenfeind.

A: Nein, überhaupt nicht, ich finde die imperialistische Politik Amerikas schrecklich.

O: Warum wollten Sie denn dorthin?

A: Ich wollte gar nicht dahin.

O: Senor, warum fahren Sie ständig in Länder, in die Sie gar nicht fahren wollen?

A: Nein, Sie verstehen das völlig falsch.

O: Sie sind über die USA nach Kuba eingereist, was strikt verboten ist.

A: Aber ich war doch gar nicht in New York.

O: Stimmt, Sie sind zurzeit ja auch gar nicht auf Kuba. Sie wollten ja auch gar nicht nach Kuba, genauso wenig wie nach Amerika, aber gefahren sind Sie trotzdem. Sa-

Andy McFeel

über

Umwege

gen Sie, haben Sie Devisen? Wir haben in Havanna eine erstklassige psychiatrische Klinik.

A: Senora Estrella, darf ich jetzt bitte die Geschichte meiner Reise nach Kuba erzählen?

O: Welche denn diesmal, dass Sie eigentlich nach Griechenland wollten?

A: Senora Estrella, ich komme aus Hamburg, Deutschland.

O: Ich weiß, wo Hamburg liegt.

A: Gut, Senora, ich habe vor 3 Wochen meinen Job verloren und mein Haus. Vor einer Woche hat mir meine Exfrau dann noch mitgeteilt, dass ich ab sofort meine Kinder nicht mehr sehen dürfte. Mein Leben war zu Ende, alles, wofür ich mein Leben lang gearbeitet hatte, war weg. Und das ist das zweite Mal in meinem Leben, dass mir so etwas passiert. Ich war nur noch müde, deprimiert und wollte einfach nur weg.

Es war mir völlig egal wohin, also buchte ich diese Frachtschiffreise nach New York. Während eines Sturmes fiel ich dann von Bord und fand glücklicherweise die verwaiste Segelyacht in meiner Nähe, auf die ich mich dann retten konnte. Darauf hin beschloss ich, gen Westen Richtung Karibik zu segeln und hier bin ich. Ich hätte genauso gut in Barbados landen können, ich kann zwar segeln, aber von Navigation habe ich keine Ahnung.

Andy McFeel

über

Umwege

O: Scheiß Kapitalismus, das mit Ihren Kindern und Ihrer Arbeit tut mir aufrichtig leid. (Sehe ich da ein Tränchen im Augenwinkel?)

Mit entschiedener Gestik angesichts all der Ungerechtigkeiten in der Welt ergreift sie meinen Pass und stempelt mir das Visum ein.

O: Bleiben Sie so lange Sie wollen. Auf Kuba ist die Welt nicht so erbarmungslos wie da draußen. Sie können sich aber auch jederzeit wieder in die Höhle des Löwen begeben. Wünsche Ihnen einen schönen Aufenthalt auf Kuba.

Als wir endlich vor dem Konsulatsgebäude in der Sonne standen, fand Alfredo seine Sprache wieder.

"Mann, du hast ja ganz schön was durchgemacht. Heute Abend vergessen wir die Welt und gehen ordentlich feiern.

Du weißt schon, kubanische Nächte und so, heiße Rhythmen und noch heißere Girls".

Warum nicht, und um für die Nacht gerüstet zu sein, verbringe ich den Rest des Nachmittags schlafend in Alfredos Gästezimmer. Die ausquartierte Oma möge mir mein Eindringen verzeihen.

Kapitel XI

Andy McFeel

über

Umwege

Heilige Scheiße, zum ersten Mal verstehe ich den Song "Cold Days Hot Nights", es könnte nicht heißer sein als in diesem Club. Mir läuft der Schweiß in Strömen in mein Hemd und meine Hose. Ich brauche gar nicht zu rauchen, ich brauche nur die vorhandene Luft zu inhalieren.

Keine Ahnung was die hier rauchen, aber ich bin jetzt schon stoned. Und das nach drei dünnen Cuba Libre. Ich scheine wirklich aus dem Tränental der Partymuffel gekommen zu sein und tanze daher umso heftiger.

Ich will jetzt nicht behaupten, da wären keine Bagger aufgefahren, aber angesichts der Schönheit, die sich mir darbietet, denke ich, es geht nur ums Geld und so billig bist du nun auch wieder nicht zu haben.

Aber wir tanzen und flirten wie frisch Verliebte, ich hatte ja keine Ahnung, welchem großen Ziel dieses dienen sollte. Wir haben also gefeiert als gäbe es kein Morgen, zwischendurch einen Cuba Libre inhaliert, die ein oder andere Zigarette geraucht, bis ich dann irgendwann, ich schätze so gegen halb fünf morgens, Alfredo frage, „sag mal Alfredo, ein Westeuropäer braucht alle 2 Tage mal ein bisschen Schlaf. Ich weiß, wir sind physiognomisch euch gegenüber ein bisschen unterentwickelt, aber ich bin total im Arsch, und könnte ich vielleicht an Bord meiner Yacht schlafen. Nichts gegen deine Wohnung, aber bei mir ist es auch ganz nett. Insbesondere der Tatsache geschuldet, dass mir die schwimmende Hütte ja nicht einmal gehört."

Andy McFeel

über

Umwege

Alfredo willigt ein und geleitet mich über den Steg zu meinem Boot. Zum Abschied sagt er Hände schüttelnd „Ich hoffe, du bist der gute Mensch, für den ich dich halte", wendet sich abrupt ab und verschwindet über den Steg im Schein der Laternen bizarre Schatten werfend. Und ich frage mich, was Alfredo mit seiner spontanen Äußerung wohl gemeint haben könnte.

Da ich zu keinem Ergebnis komme, besteige ich mein Boot, das zwar meins war, aber irgendwie auch wieder nicht. Ich hatte ja keine Ahnung wie sich dieser Gedanke bewahrheiten sollte.

Mit diesen Gedanken beschäftigt steige ich die Treppe zur Kajüte hinab, was in meinem Zustand ganz schön torkelig und mit viel Festhalten irgendwo von statten geht.

Der Lichtschalter funktioniert nicht und ich denke, na ja, so ein Stromausfall auf Cuba ist sicher nicht so ungewöhnlich, denn ich hatte, wie in einem Hafen üblich, das

Stromkabel der Yacht mit der Steckdose am Steg verbunden, wie man das halt so macht.Stattdessen ging das Licht ganz woanders an, nämlich in einem gefühlten Dutzend Augenpaaren, die mich ängstlich musterten. Offensichtlich hatten es sich ein paar Leute in meiner Kajüte gemütlich gemacht.

Sprachlos wie ich bin, frage ich

„Was wollt ihr hier, ich muss schlafen?"

Andy McFeel

über

Umwege

Die Antwort kommt einstimmig: „Wir wollen mit dir kommen, … nach Amerika."

„Aber ich segele gar nicht nach Amerika"

„Dann mach einen kleinen Umweg und setz uns dort ab."

„Bitte, Senor," fleht eine junge Frau und umklammert mein Bein.

„Ihr seid verrückt, wir werden noch alle verhaftet."

Mit diesen Worten setze ich mich auf eine Treppenstufe und versuche die Cuba Libre aus meinem Kopf zu verscheuchen und einen klaren Gedanken zu fassen, was mir nicht so recht gelingen will. So ein bisschen drehen sich die mich anleuchtenden Augenpaare vor meinen Augen gegen den Uhrzeigersinn, was die Sache nicht unbedingt leichter macht.

„Senor,...bitte,...Sie müssen schlafen, wir kümmern uns um alles."

Dieser Gedanke ist so verlockend, dass ich mich willenlos in die Eignerkabine führen lasse und mich auf dem Doppelbett ausbreite.

Ich höre noch Schritte an Deck, spüre die Bewegung der Yacht und dann säuselt mich das Geräusch des tuckernden Diesels in den Tiefschlaf.

Mein letzter Gedanke:

„What a Night, but I'm really done."

Andy McFeel

über

Umwege

Kapitel XII

Als ich am nächsten Morgen (so dachte ich zumindest) wieder das Bewusstsein erlange ist mein erster Gedanke, der kubanische Rum ist wirklich klasse, ich hab keinen Kopf, jedenfalls keinen dicken. Ich werde ein bisschen von einer Seite auf die andere gerollt, offensichtlich haben wir ein bisschen Dünung da draußen.

Wieso Dünung und wieso da draußen?

Wieso bin ich nicht mehr fest vertäut im Hafen von Havanna?

Moment, da war doch was.

Das einzig unangenehme am Rum ist, dass er nicht unerheblich das Erinnerungsvermögen beeinträchtigt. Also rappele ich mich auf, um herauszufinden, was hier eigentlich los ist. Offensichtlich die Leinen, aber diese Erkenntnis hilft mir momentan auch nicht weiter.

Als ich in der Kajüte niemanden entdecke, steige ich hinauf an Deck.

Ich traue meinen Augen kaum, ein Gitarrenspieler zupfend an die Reling gelehnt, 3 Pärchen sich im Rhythmus wiegend, und ich drehe mich um, tatsächlich erblicke ich noch einen Vernünftigen im Ruderstand, der versucht,

Andy McFeel

über

Umwege

den Überblick zu behalten. Bis ich sehe, dass er eine Flasche Rum an den Mund führt, da kommen mir erste Zweifel. Der Sonnenstand zeigt eher auf die Zwölf statt auf die Acht, daher schleiche im mich zum Ruderstand, schließlich will ich die Party nicht stören, und habe die Frechheit, zu fragen:

„Senor, wohin geht denn die Reise so ungefähr?"

„Miami" war die trockene Antwort angereichert mit einer leichten Rum – Fahne.

„Haben Sie ausgeschlafen, Senor? Wenn ja, dann könnten Sie vielleicht das Ruder übernehmen. Dann kümmere ich mich um ein Frühstück für uns und hole anschließend ein bisschen Schlaf nach. Gestern war es doch ein bisschen turbulent."

Was Du nicht sagst, denke ich bei mir.

„Wollen Sie auch einen Schluck, Senor?"

Ich lehne dankend ab, füge ich in mein Schicksal und übernehme das Ruder. Scheiße, macht das Spaß, der Nordost – Passat kommt von 2 Uhr, wir haben Vollsegel gesetzt, außer dem Spinnacker natürlich, liegen hart am Wind, die Segel schön dichtgeholt, und wann immer das Vorliek etwas flattert falle ich halt etwas ab.

Ich versuche, jede zweite oder dritte Welle zu erwischen, um sie zu surfen, weil jede kriegst Du halt nicht und habe einen Heidenspaß.

Andy McFeel

über

Umwege

Ich vergesse einfach mal für den Moment, dass sich illegale Flüchtlinge auf meinem Schiff befinden, das nicht mal mir gehört und ich in die USA gar nicht einreisen darf.

Vielleicht sind das noch die Nachwirkungen der gestrigen Party, aber ich denke, Wieso hab ich eigentlich den Drink abgelehnt?

Das Leben kann so schön sein in solchen Momenten, dass ich mir kaum mehr vorstellen kann, dass es Situationen in meinem Leben gab, ebensolches beenden zu wollen.

Von meinen Gedanken umwoben merke ich zuerst nicht, wie sich die Yacht gerade stellt, die Segel anfangen unlustig zu flattern und wir keine Fahrt mehr machen.

Toll, Flaute. Dann kann ich auch frühstücken gehen. Genau in diesem Augenblick ruft eine vertraute Stimme: „Desayuno, Senor"? Also löst mich ein anderer aus der Reihe der tanzenden Pärchen als Rudergänger ab. Nicht, dass es im Moment der Flaute viel zu steuern gäbe, aber es gibt einem doch das Gefühl der Sicherheit während man willenlos in der Dünung treibt.

Ach gäbe es so etwas im richtigen Leben.

Kapitel XIII

Andy McFeel

über

Umwege

Als ich auf der gemütlichen Eckbank in der Kajüte sitze und genüsslich auf meinen Bacon and Eggs rumkaue frage ich meinen Frühstücksmacher, der sich zu meiner Linken genauso gütlich tut:

„Wieso wolltet Ihr eigentlich weg aus Havanna. Ist doch ein Paradies? Ich heiße übrigens Andy."

Er reicht mir über den Tisch die Hand, „Es ist mir eine Ehre, Senor Andy, Sie haben uns gerettet.

Mein Name ist Pedro."

A: „Also Pedro, was glaubst du ist in Amerika besser als auf Kuba?"

Einige Zeit sind nur unsere Essgeräusche zu vernehmen bis Pedro mit nachdenklichem Gesicht und einiger Bestimmtheit antwortet.

P: „Du kannst sagen, was du willst, du kannst denken, was du willst, und wenn du hart arbeitest, kannst du es zu etwas bringen. Außerdem lebt ein Teil meiner Familie dort, die werden mir auf die Füße helfen."

A: „Wie kommt es eigentlich, dass du so gut Englisch sprichst?"

P: „Ich habe lange als Tourguide in Varadero gearbeitet und relativ wenige Touristen sprechen Spanisch. Wieso ist dein Englisch so gut und so amerikanisch?"

Andy McFeel

über

Umwege

A: „Ich hatte mich mal versucht als Songwriter in Nashville, hatte mir sogar ein Grundstück dort gekauft. Bin aber leider an der schwachsinnigen Bürokratie

gescheitert. Sie wollten mir auf Teufel komm raus keine Sozialversicherungsnummer geben und ohne die existierst du faktisch nicht.

Kein Konto, keine Registrierung deiner Songs, keine Tantiemen. Du bist also schon finanziell tot, bevor du angefangen hast.

Ich hab mich da trotzdem sehr wohl gefühlt und viele Freunde gefunden. So dachte ich zumindest, denn wirklich geholfen hat mir letztendlich niemand."

„Wie ist es deiner Familie so ergangen. Lebt die in Miami?"

P: „Ja, im Kubanischen Viertel, sie betreiben mehrere Restaurants und Tanzbars. Vielleicht kannst du bei uns ja mal auftreten?"

A: „Würde ich schon gern, bin allerdings etwas aus der Übung."

Mit diesen Worten schob ich meinen Teller von mir.

A: „Meine Güte war das köstlich und weitere Meldung an den Koch, ich bin pappsatt. Danke, Pedro, war wirklich ausgezeichnet."

Andy McFeel

über

Umwege

P: „Das macht mich stolz, Senor Andy, einem großen Musiker und Freund, wenn ich das sagen darf, ein gutes Essen bereitet zu haben."

A: „Vorläufig belassen wir es besser bei gutem Freund, denn mit dem großen Musiker hat es ja offensichtlich nicht geklappt.

Was wird passieren, wenn wir in Miami einlaufen? Ich habe wegen eines abgelaufenen Visums schon mal 2 Monate im Knast gesessen und das war kein Spaß. Noch mal brauch ich so einen Scheiß nicht und ich habe zurzeit Einreiseverbot in die USA. Also, Euch nimmt man generös auf und mich buchten die wieder ein, oder was? Oder wollt Ihr die letzten 3 Meilen schwimmen?"

Pedro räumt den Tisch ab, und beginnt das Geschirr zu spülen, während ich mir eine danach anzünde und zum Kaffee genieße.

Fühlt sich irgendwie nicht richtig an, aber was war an der derzeitigen Situation schon richtig oder falsch. Ich hatte den Überblick verloren.

P: „Andy, so wie Sie uns geholfen haben, werden wir auch Ihnen helfen. Vertrauen Sie uns, bitte!"

A: „Dann tu mir einen Gefallen, Pedro, sag nie wieder "Sie" zu mir."

Andy McFeel

über

Umwege

Kapitel XIV

Später sitzen wir an Deck, fast jeder ein Bier in der Hand und schaukeln in der Dünung. Der Wind hatte offenbar früh Feierabend gemacht. Manuel zupft melancholische Klänge auf seiner Nylon-Gitarre.

A: „Na, Manuel, schon Heimweh?"

M: „Si Senor, immerhin ist die Hälfte meiner Familie noch auf Kuba. Das wird auch immer so bleiben, Senor Andy, damit habe ich mich schon abgefunden. Als Musiker beschäftigt man sich doch ausgiebig mit dem Leben an sich. Weil wir darüber Songs schreiben. Aber wem erzähl ich das.

Pedro sagt, Sie, entschuldige, du, seiest ein Songwriter aus Nashville. Vielleicht möchtest du was für uns spielen, während wir hier so rumdümpeln und weder vorwärts noch rückwärts kommen?"

Mit diesen Worten steht er auf und reicht mir die Gitarre.

A: „Hast du ein Pick?"

M: „No Senor, wir spielen mit den Fingern."

Dumm gelaufen, denn das war eine der wenigen Dinge, die ich auf der Gitarre nicht konnte.

Andy McFeel

über

Umwege

A: „Hat jemand vielleicht eine Münze dabei?

Un Peso?"

Und siehe da, nachdem jeder in seiner Hosentasche ge-kramt hatte, fand sich ein passendes Stück, das sich als Plektrum-Ersatz eignete.

Ich lehnte mich also an die Kajütentürwand, die Gitarre im Arm, die Segel immer noch schlaff ohne Wind, und ein bisschen metaphorisch wirkt das schon auf mich, da ich seit 3 Jahren weder Klavier, Schlagzeug, noch Gitarre in der Hand hatte.

Also beginne ich zu versuchen, mich mit ein bisschen Ge-klimper warm zu spielen in der Hoffnung, dass dem Publikum nicht der Geduldsfaden reißen würde.

Andererseits, wo sollten sie schon hin, und jetzt, da mich nach langer Zeit mal wieder die Wärme der Musik durch-strömte, würde ich die Klampfe sicherlich nicht so schnell kampflos wieder hergeben. Also versuche ich, mich an Akkorde, Strophen und Refrains zu erinnern und beginne zu singen.

Wovor hast du Angst, ist ja nicht der Madison Square Garden.

Andy McFeel

über

Umwege

"Driving down this lonely Road
God I´m on my own
Still hear your Voice yell
And the Sound of slammin' Doors

The Windshield Wiper ain't no Help
The Rain is in my Eyes
Now the Silence's absolute
Full of emptied Dreams
Chorus
So I wait for a Miracle
What else can I do
I wait for a Miracle
A single Call from You

Waitin' for the Cell Phone
Layin' on the front Seat
To sing familiar Melodies
Hoping you'd be it

Andy McFeel

über

Umwege

But it's cold and dark outside
The way I feel tonight
Now the Silence's absolute
Full of emptied Dreams

Chorus
So I wait for a Miracle
What else can I do
I wait for a Miracle
A single Call from You

Ich singe und spiele ein Fade out und bin auf den darauf folgenden Applaus und das Gejohle nicht vorbereitet. Ich ersticke im Jubel, breche fast unter dem anhaltenden Schulterklopfen zusammen und frage mich während mir Tränen der Rührung in die Augen steigen, was ich in Nashville wohl falsch gemacht hatte.

Andy McFeel

über

Umwege

War es meine Meinung zu Politik und Religion, die ich dort vielleicht zu naiv und offenherzig zum Besten gegeben hatte.

Denn an der Qualität meiner Musik hatte es offensichtlich nicht gelegen.

Bible Belt, ich hätte mich vielleicht im Vorwege mehr mit diesem Aspekt meiner geplanten Auswanderung beschäftigen sollen.

Oder wie mein Van – Schrauber mich mal zurecht wies. „Andy, Du kannst hier über alles reden, aber nicht über Religion oder Politik. Außerdem kannst Du hier bei mir nicht einfach Bier trinken, hier sind überall Überwachungskameras, die brauche ich wegen der Versicherung. Vergiss nicht, dass Du nicht mehr in Deutschland bist.

Bei Euch könnt ihr in der Öffentlichkeit Alkohol trinken, am Strand nackt rumlaufen und abends schön grillen bei einem leckeren Bier. All das darfst du hier nicht ….in the Land of the „Free". Learn the Rules or you'll get in trouble."

Yeah, und wie ich in trouble geraten sollte.

Andy McFeel

über

Umwege

Wir hatten noch immer keinen Wind und wie die Segel in sich zusammen fielen so erging es auch der Party. Würde jetzt vielleicht doch noch alles schief gehen, die Küstenwache uns aufgreifen und zurück schicken?

Die Stimmung ist auf dem Nullpunkt, der Wind will nicht kommen und die Party ist vorüber.

Wir dümpeln in der Dünung, der nicht vorhandene Wind kommt aus Nordost, der Rudergänger ist auf seinem Sitz eingeschlafen und so langsam geht uns das Bier aus.

Also der größte anzunehmende Unfall.

Kein Bier = Supergau.

Ich lehne mich an die Kajütenwand, eben noch Gitarre gespielt, und finde mich plötzlich in einer totalen Leere.

Was wollen diese Menschen hier auf „meinem" Boot?

Was wollen die eigentlich von mir. Ich will nicht schon wieder im US Einwanderungsknast landen, die 2 Monate damals haben mir echt gereicht.

Nicht noch mal diese Scheiße.

Und ich lehne mich zurück, versuche die dunkle Seite der Macht zu vertreiben, „Genießen Du sollst" sagt Yoda zu mir und ich gehorche.

Andy McFeel

über

Umwege

Das sanfte Schaukeln der See, die Sonne auf der Haut,...
mein Gott, es gibt wahrlich Schlimmeres im Leben.

Zum Beispiel einen Novemberregen in Hamburg nach
dem Erhalt von zwei Hiobsbotschaften, die komplett mein
Leben zu zerstören drohten.

Well, I guess I kind of reinvented myself.

Und das fühlte sich unter dieser Sonne inmitten dieser
bunten Schar von äußerst liebenswerten aber offensichtlich auch verzweifelten Genossen ziemlich gut an.

Mein Gott, kann das Leben schön sein.

Kapitel XV

Noch in diese kuscheligen Gedanken versunken und die
Sonnenwärme in meinem Gesicht spürend nehme ich
wahr, wie sich eine junge Frau neben mir nieder lässt.
Wow, ihre Nähe zu spüren hatte was. Wie lange war ich
nicht mehr mit einer Frau zusammen gewesen? Zu lange
jedenfalls.

„Sie sehen traurig aus, Senor.

Machen wir Ihnen so viel Kummer?"

„Ach wissen Sie, ich scheine einfach ein Riesentalent zu
haben, zur falschen Zeit am falschen Ort zu sein und da-

Andy McFeel

über

Umwege

durch von einem Schlamassel in den nächsten zu geraten. Ich bin aus Deutschland geflüchtet und vor meinen Sorgen davon gelaufen. Dann bin ich wie durch ein Wunder auf dieser Yacht gelandet und fing an, von einem unbeschwerten Leben in der Karibik zu träumen.

Dass ich Leute an Bord habe, die ihrerseits geflüchtet sind, entbehrt nicht einer gewissen Ironie. Ich heiße übrigens Andy" und wir reichen uns die Hand.

„Meine Name ist Maria."

„Freut mich, Maria. Eine Frage beschäftigt mich. Pedro hat schon versucht, sie mir zu beantworten. Warum verlasst Ihr Euer Paradies? Menschen aus aller Welt buchen Urlaub bei Euch, um ihrem grauen Alltag zu entfliehen. Wenn man schon im Paradies lebt, wieso will man dann da weg?"

„Senor Andy, für uns ist das Paradies das Land, aus dem Sie geflüchtet sind. Fließendes Wasser, immer Strom, alles sauber und ordentlich. Ich kann in einen Supermarkt gehen und alles kaufen, wonach mir gerade ist. So etwas haben wir auf Kuba noch nie gehabt. Comprende?"

„ Ja schon, und jetzt wollt Ihr nach Miami? Habt Ihr mitgekriegt wie die Finanz- und Immobilienkrise Millionen Amerikaner quasi über Nacht obdachlos gemacht hat? Und ausgerechnet da wollt Ihr hin?"

Andy McFeel

über

Umwege

„Si Senor, da wollen wir hin. Es gibt sehr viele Exil-Kubaner in Miami und fast jeder von uns hat dort Verwandte. Die werden uns helfen, uns dort unser eigenes Leben in Freiheit und Wohlstand aufzubauen. Senor Andy, Sie wissen nicht, was es heißt, wenn man nicht sagen darf, was man denkt, ohne Angst vor dem Gefängnis haben zu müssen. Und wenn nichts funktioniert, man keine Ersatzteile, keine Reparatur bekommt, wenn man nur mit korrupten Beamten zu tun hat. Senor Sie sind aus dem Paradies geflüchtet, nicht wir."

Damit erhebt sie sich und lässt mich mit meinem leeren Kopf sitzen. Bevor ich all Gedanken zu Ende denken kann, weckt mich ein allzu vertrautes Geräusch aus meiner Versunkenheit. Flatternde Segel im Wind, die gegen die Wanten klatschen.

Die Flaute war vorüber.

Kapitel XVI

Aus meiner Lethargie gerissen haste ich zum Ruderstand. Den schnarchenden Rudergänger wuchte ich behutsam zur Seite. Dem Pegelstand der Rumflasche entnehme ich, das dieser Kamerad ein Weilchen außer Gefecht gesetzt sein würde.

Andy McFeel

über

Umwege

Also nehme ich den Rest aus der Pulle und schmeiße sie über Bord. Meine persönliche Flaschenpost, nur ohne Post. Gleich darauf mit angetrunkenem Mut rufe ich die Crew an Deck.

„So Kameraden, ihr wollt also nach Miami. Dann solltet ihr vielleicht mal das Großsegel und die Fock dichtholen. Es kommt Wind auf. Los jetzt, Leute, wir segeln nach Miami und spielen alles oder nichts". Als mich die Leute ungläubig anstarren schreie ich Sie an.

„An die Schoten jetzt oder ihr könnt nach Miami schwimmen!"

Und da reagieren Sie, zögerlich zuerst aber dann immer zupackender, mich immer noch mit verwunderten und bewundernden Blicken verstohlen

musternd und plötzlich hat das Schiff seinen Käpt'n wieder.

Die Segel werden dicht geholt und ich gehe hart an den Wind, was zur Folge hat, dass alle erstmal fröhlich über das Deck purzeln bis die Lee Reling sie auffängt wie Fische in einem Netz. Sieht wirklich zum Schießen aus wie sie da so verknäult darum ringen, ihre Würde wieder herzustellen, aber um mich ist es geschehen und ich pruste lachend drauf los und kriege mich kaum wieder ein, was betretene Blicke seitens der Crew auslöst, aber das ist mir egal. Endlich ist wieder was los an Bord.

Andy McFeel

über

Umwege

Und es sollte noch „besser" kommen.

Denn der Wind bläst nun beständig mit 4 bis 5 Beaufort, mein Schiff, die „Seaborn" legt sich schön auf die Seite. Ich stehe schräg im Ruderstand und bringe sie schön ins Gleiten während mir herrlich erfrischend immer wieder die Gischt ins Gesicht spritzt.

Und ich dachte immer, Dickschiff segeln sei was für alte Leute, aber weit gefehlt, ich fühle mich eins mit den Elementen und der Rest der Welt ist mir in diesem Moment völlig egal.

Im Hier und Jetzt zählt nur die nächste Welle und die nächste Windböe.

Die Sonne glitzert auf dem Meer und die „Seaborn" und ich haben richtig Spaß am Ritt auf den 2 Meter Wellen. Meine Kameraden haben sich sicherheitshalber unter Deck verzogen, aber das ist mir nur Recht. So kann ich meine ganze Aufmerksamkeit dem wunderbaren Segelerlebnis schenken und denke, von mir aus kann das bis Miami so weitergehen.

Ich konsultiere meinen Kompass und glaube, dass wir nach der Abdrift in der Flaute uns möglichst nördlich halten sollten, also gehe ich an den Wind, der wie immer tüchtig aus Nord – Ost bläst.

Andy McFeel

über

Umwege

So geht eine Weile alles gut und ich genieße jede Sekunde. Aber wie hätte es anders sein sollen bei meinem Glück, dachte ich, als am Horizont schwarze Wolken aufziehen, ziemlich genau aus der Richtung, in die wir segeln.

Scheiße, musste das jetzt sein. Eigentlich müsste die Hurricane Saison vorüber sein, aber einen hat sich Petrus wohl noch für mich aufgehoben.

Danke schön, Pete. Wäre wirklich nicht nötig gewesen.

Okay, was jetzt, du weißt, dass die Hurricanes in dieser Ecke nach Norden bzw. Osten ziehen.

Also ab nach Süden beschließe ich. Ich rufe meine Crew an Deck und gebe Anweisungen, die Segel zu fieren während ich eine Halse fahre. Ich schreie die 2 Deckhands an, die Köpfe runter zu nehmen als auch schon der Baum überkommt, aber alles geht gut.

Dann richtete ich die Segel schön auf Rauschotkurs aus und der Ritt auf den Wellen geht weiter, nur in der Gegenrichtung.

Pedros Kopf aus der Luke auf.

„Senor Andy, warum haben wir umgedreht?"

Andy McFeel

über

Umwege

„Sieh Dir doch mal den Horizont an Achtern an. Möchtest Du durch einen Hurricane segeln?"

„Madre de Dios."

„Dachte ich mir, wir werden mit den Ausläufern noch genug zu tun bekommen. Ihr seid doch so fromm, vielleicht wäre dies ein guter Zeitpunkt, um Euren guten Draht nach oben durch ein Gebet zu festigen.

Ach übrigens, ich brauche 2 Mann an Deck, die wissen wie man ein Segel einholt oder ein Reff setzt. Weil wenn der Tanz losgeht, dann muss ich mich 100 prozentig auf die beiden verlassen können.

Und wir werden tanzen heute Nacht, das ist so sicher wie das Amen in Eurer Kirche.

Und wenn wir absaufen sollten, dann war das eine relativ kurze Episode in der Freiheit für Euch.

Also kläre mal mit Deinen Jungs, wer sich am besten mit Segeln auskennt und schick mir die beiden an Deck. Ich möchte mit ihnen schon mal ein paar kleine Übungen abhalten."

Und Pedros leichenblasses Gesicht verschwindet wieder in der Luke.

Andy McFeel

über

Umwege

Wir kämpfen uns durch die Nacht. Die Deckhands, die Pedro mir angedient hatte, wussten wirklich, was sie tun und setzen meine Anweisung ohne zu murren und sofort in die Tat um.

Selbst als wir alle Lappen runter geholt haben, bläst der Sturm so stark ins Rigg, dass die Seaborn so auf die Seite gedrückt wird, als wollte sie ihrem Namen nun alle Ehre machen und an ihren Geburtsort zurückkehren.

Ich versuche, die 8 Meter hohen Wellenberge in einem Winkel von 45 Grad hoch zu kommen, nur um dann in ein schwarzes Loch zu schießen, möglichst im gleichen Winkel, damit sich der Bug der Yacht nicht unangespitzt in den Boden rammt, der in diesem Fall zwar weicher wäre, aber dafür umso tödlicher. Mich streift kurz ein Gedanke an mein nicht vorhandenes Leben in Hamburg, welches mir so sinnlos erschien. Und obwohl sich an seiner Sinnhaftigkeit nicht soviel geändert haben dürfte, klammere ich mich doch genauso fest daran wie an das Ruder, welches ich wie wild von einer Seite auf die andere kurbele, um ja den richtigen Winkel zur Welle zu erwischen beim endlosen auf und ab in diesem brodelnden Hexenkessel. In diesem Moment merke ich mal wieder, was für ein kleiner Scheißer man doch ist im Vergleich mit dem entfesselten Elementen. Und irgendwer hat hier echt die Sau rausgelassen. Wenn ich den erwische....

Andy McFeel

über

Umwege

Irgendwann werden Minuten zu Stunden und ich vergesse die Zeit, konzentriere mich einfach nur auf die nächste Welle und blende sonst alles aus. Ich habe den Punkt erreicht, an dem ich an Angst keinen Gedanken verschwende und für Hoffnung keine Zeit habe. Es gilt nur diese und die nächste Sekunde, und wenn ich einen Fehler mache, wachen wir morgen als Wasserleichen auf.

Doch es sollte anders kommen.

Kapitel XVII

Irgendwie haben wir es durch diese Nacht geschafft. Ich habe wohl am Ruder einiges richtig gemacht. Schlaf braucht man in meinem Alter ja eh nicht mehr und meine Crew hat einen super Job gemacht. Ich weiß nicht, wie oft ich Befehle wie „Segel hoch, Fock einholen, Großsegel 2 Reffs, Groß ganz runter, Fock fieren" gebrüllt habe, aber ich bemerke, dass ich ziemlich heiser bin.

Kaum zu glauben nach dieser Nacht mit ihrem Blitz, Donner und Getöse, aber irgendwann geht tatsächlich die Sonne auf, und der Sturm lässt nach.

Andy McFeel

über

Umwege

Es wird ein so friedlicher Morgen, dass die vergangene Nacht wie ein schlechter Traum in Erinnerung bleibt, als hätte das Ganze nie stattgefunden. Nur die mächtige Dünung, durch die wir uns nun mit strammen 5 Windstärken in den Segeln auf und ab bewegen, erinnert uns an das, was wir knapp überlebt haben.

Pedro steckt seinen Kopf durch die Luke.

„Pedro willst Du immer noch nach Miami, da haben sie ca. 2 bis 3 Hurricanes pro Jahr?"

„Si Senor, die haben wir auf Kuba auch."

„Okay Folks, Vollzeug setzen, klar zur Wende, Kurs Nord Nord West. Wir segeln nach Miami." (oder wir versuchen es wenigstens, dachte ich bei mir).

Nachdem alle Manöver abgeschlossen sind und der Kurs anliegt, löst Pedro mich am Ruder ab. Ich schaffe es einigermaßen unbeschadet die Treppe hinunter, drücke mich an den mir inzwischen lieb gewonnen Kameraden vorbei und empfange dankbare, bewundernde Blicke und Schulterklopfen, die soviel mehr sagen als Tausend Worte.

Die Tür zur Eigner - Kabine kriege ich noch auf, dann falle ich wie erschossen auf das große Bett und kriege gerade noch mit, wie hinter mir sanft die Tür zugezogen wird. Ich falle bereits in einen Koma ähnlichen Schlaf.

Andy McFeel

über

Umwege

Kapitel XVIII

Ich kämpfe mich durch einen dichten Nebel und versuche an die Oberfläche zu gelangen, doch ich fühle mich so zerschlagen, dass ich mich am liebsten wieder zum Grund sinken lassen möchte.

Doch daraus wird nichts, denn irgendwas zupft an meinem Bein. Als es mir gelingt, wenigstens ein Auge zu öffnen erkenne ich Pedro.

„Senor, Sie haben 2 Tage durchgeschlafen. Vielleicht sollten Sie beim Einlaufen in Miami besser als Käpt'n an Deck sein."

Ich wollte nicht an meine Vergangenheit in den USA denken, aber 2 Monate in einem Knast auf seine Deportation zu warten, war ein Erlebnis, dass ich so schnell nicht vergessen würde. Sollen die mich doch wieder einknasten und aus dem Land jagen, ich hatte nach all dem Theater sowieso keinen Bock mehr auf Amerika. Hauptsache meine Schäfchen sind nun sicher und kommen bei ihren Verwandten unter, alles andere ist mir im Moment egal nach allem, was wir zusammen durch gestanden hatten. Ich stake mit müden und steifen Gliedern an Deck.

Die Skyline von Miami hatte ich schon vorher gesehen und war im Auto an ihr entlang gefahren, aber der Hafen

Andy McFeel

über

Umwege

ist so riesig, dass ich überhaupt keine Ahnung habe, an welcher Stelle wir mit unserer Yacht anlegen sollen.

Ich wundere mich sowieso, dass die US Küstenwache uns nicht längst hops genommen hat, aber vielleicht liegt das an der zerfetzten US Flagge an unserem Achtersteven.

Also mach was.

Ich beschließe, an diesen riesigen Kreuzfahrtschiffen vorbei zu tuckern (mittlerweile haben wir die Segel eingeholt und dieseln durch den Hafen).

Ich halte schön Abstand zu diesen schwimmenden Städten mit ihren 6000 Menschen an Bord, so dass ich nicht Gefahr laufe, sollten die überraschend ablegen, von den Mega Propellern angesaugt zu werden.

So tuckern wir unbehelligt durch die Miami Bay und vor uns taucht eine Insel auf, von der ich glaube, dass es diese Prominenten Insel ist (und deren Namen ich vergessen habe), zu der ein normal Sterblicher eigentlich keinen Zugang hat.

Da das jedoch die einzige Anlegemöglichkeit ist, die ich sehen kann, halte ich darauf zu. Vielleicht kommen wir ja gerade recht zu einem Frühstück mit Enrique Iglesias. Der würde uns bestimmt helfen.

Ich habe mich schon für eine Pier entschieden und träume davon, meine blinden Passagiere ab zu laden und mich still und heimlich vom Acker zu machen als hinter uns

Andy McFeel

über

Umwege

eine tiefe Sirene ertönt und eine Megaphon Stimme dröhnt:

„Was wollen Sie auf dem Anwesen von Barry Gibb?"

„Ich bin Musiker und zu einer Session mit ihm verabredet!" log ich.

Was Besseres fiel mir grad nicht ein.

„Mr. Gibb ist gerade in England bei seiner Familie. Da muss Ihre Session wohl ausfallen."

Nein, ein Hurricane reicht nicht, nun musste Barry auch noch in England sein.

Damn, hätte fast klappen können.

Die Coast Guard ist längsseits gegangen und ein Officer hat „meine" Yacht geentert, um zuerst ein schweres Tau an meinem Bug zu befestigen und mich dann mit strenger Miene ins Visier zu nehmen.

Na was soll der Scheiß denn jetzt, denke ich, aber angesichts des vor mir stehenden fleisch gewordenen Baumes mit einer eindrucksvollen 45er um die breite Hüfte behalte ich meine Gedanken lieber für mich.

„Mister, Sie bleiben wo Sie sind und keine hektischen Bewegungen, bitte.

Sind noch weitere Personen an Bord?"

Andy McFeel

über

Umwege

„Es wäre durchaus möglich, dass sich einige Spanisch sprachige Gesellen von mir unbemerkt unter Deck geschlichen haben könnten."

„Haben Sie irgendwelche Waffen an Bord?"

„Nicht, dass ich wüsste."

„Sind Sie Schmuggler?"

Wenn das so einfach zu erklären wäre. Unter Deck sind ein paar Kubaner, die mich und mein Schiff in Havanna gekidnappt haben, um ins gelobte Land zu segeln und um diesen besonders netten Empfang zu erleben."

„Gefährlich?"

„So gefährlich wie frisch geborene Lämmer."

„Okay, dann schleppen wir Sie jetzt zum offiziellen Anleger, wo Ihre Papiere überprüft werden, während ich die Tür zur Kabine und Sie im Auge behalten werde. Keine falsche Bewegung, wenn ich bitten darf."

Er gibt seine Anweisungen an das Schiff von der Coast Guard und so ziehen wir auch schon los im Konvoi, der Freiheit der Kubaner und meinem Untergang entgegen.

Von weitem taucht die von uns angesteuerte Pier auf, und alles, was ich sehe, ist das große Schild „Immigration", und mir wird ein bisschen mulmig. Andererseits, schlimmer als beim letzten Mal kann es auch nicht werden, denke ich zumindest.

Andy McFeel

über

Umwege

Die Homeland Security Fritzen, die uns auf der Pier entgegen kommen und unser Schiff festmachen, erkenne ich auf den ersten Blick.

Die sehen alle gleich aus, genauso wie die FBI Futzies, mit denen ich mal zu tun hatte. Aber egal, es zählt, was jetzt passiert, und nicht, was einmal wahr. Obwohl das meiner Erfahrung mit amerikanischen Behörden deutlich widerspricht.

Wie befohlen gehen wir von Bord und stellen uns auf der Pier in einer Reihe auf.

Officer: „Woher kommen Sie und was ist der Grund für Ihre Einreise in die USA?

Und Ihre Ausweispapiere bitte!"

Pedro: „Senor, wir sind kubanische Flüchtlinge und Andy hat uns freundlicherweise unsere Flucht ermöglicht, obwohl er gar nicht die Absicht hatte, nach Amerika einzureisen, da er Einreiseverbot hat. Er wollte ursprünglich in die Karibik, aber wir haben ihn überredet, uns vorher in Miami abzusetzen. Er ist ein Held, Senor, der völlig selbstlos verzweifelten Menschen geholfen hat und in dem Hurricane vor 2 Tagen sogar sein Leben für uns riskiert hat. Wir stehen auf ewig in seiner Schuld und wäre Ihnen überaus dankbar, wenn Sie ihn einfach seines Weges ziehen ließen, nachdem die Formalitäten erledigt sind, Senor."

Andy McFeel

über

Umwege

Officer: „Ich fürchte, so einfach wird das nicht gehen. Andy, Sie bleiben erstmal an Bord bis wir Ihre Identität und Ihren Status geklärt haben. Ich lasse einen Officer hier zu Ihrem Schutz."

Zu meinem Schutz, hahaha, denke ich, aber eine hübsche Formulierung.

„Wenn Sie Ihren Computer bemühen, Officer, mein Künstlername ist Andy McFeel aber mein bürgerlicher Name lautet .....".

Officer: „Okay, ich werde das prüfen lassen. Und Sie Senores kommen bitte mit ins Immigration –Büro."

Pedro: „Andy, ich spreche im Namen aller. Wir verdanken Ihnen unser Leben, und das werden wir Ihnen niemals vergessen. Sollten Sie hier in Schwierigkeiten geraten, vertrauen Sie mir, wir werden mit Hilfe unserer Verwandten alle Hebel in Bewegung setzen, um Sie hier raus zu holen."

Andy: „Danke Pedro und viel Glück für Euch alle. Auf das alle Eure Träume in Erfüllung gehen."

Officer: „Können wir jetzt gehen, Senores."

Und so stiefeln sie im Gänsemarsch die Pier entlang bis sie schließlich in dem Immigration Gebäude verschwinden.

Ich wende mich an den Officer:

Andy McFeel

über

Umwege

„Ich könnte ein Zigarettchen vertragen, was dagegen wenn ich mir eine hole?"

„Okay, aber ich bleibe dicht hinter Ihnen."

Als hätte ich etwas anderes erwartet. Also steigen wir die Stufen hinab und ich krame im Schott über der Kombüse nach dem Päckchen. Als ich mir dann an Deck eine ins Gesicht stecke und ihm eine anbiete, winkt er freundlich ab. Ich halte das Gesicht in die Sonne, blase genüsslich den Rauch in die Luft und ergebe mich in mein Schicksal.

Etwas anderes bleibt mir auch gar nicht übrig.

Aus diesen Gedanken reißen mich plötzlich hektische Schritte auf der Pier und aufgeregte Rufe. Als ich aufblicke erkenne ich an der Aufschrift auf seinem Sweatshirt, dass es sich um den Hafenmeister handelt.

„Mister, was machen Sie auf der „Seaborn" und wo haben Sie sie her?"

Oh Mann, wie oft würde ich diese Geschichte noch erzählen müssen..(stöhn)., abgesehen davon, dass mir eh niemand glauben würde. Ich sollte mir schnellstens eine Kurzfassung zu Recht legen.

„ Nun, to make a long story short, ich sah die Yacht verlassen nach einem Sturm am Vortag im Nordatlantik, gehe über Bord des Frachters, auf dem ich mich befand und nahm die Yacht in Besitz. Dann bin ich nicht ganz freiwillig über Kuba nach Miami gesegelt."

Andy McFeel

über

Umwege

„Mann, wie haben Sie den Hurricane vor 2 Tagen überstanden?"

„Mit viel Humor und einem trockenen Lächeln. Nein im Ernst, ich kann ein bisschen segeln und wir haben ein riesen Glück gehabt, aus der Nummer heil raus zu kommen. Woher kennen Sie das Schiff?"

„Oh, ich weiß auch, wem Sie gehört. Einem Musikverleger aus Nashville. Sie hatte sich bei einem Sturm vor 3 Wochen los gerissen und war seitdem verschwunden. Mr. Grant wird sehr erfreut sein, dass Sie ihm seine Yacht zurück gebracht haben. Ich werde ihn gleich anrufen."

„Sollte er dann hier vorbei schauen, möge er doch bitte einen Anwalt mitbringen. Ich habe nämlich Einreiseverbot in den USA und mir droht wieder Abschiebungshaft, und das ist wirklich kein Spaß, das hatte ich alles schon mal."

„Wo kommen Sie denn her, Sie sprechen hervorragendes Englisch?"

„Aus Deutschland."

„Wie kann ein Deutscher in den USA illegal sein?"

„Wenn er seinen Flieger verpasst und anschließend sein Visum abläuft."

Andy McFeel

über

Umwege

„Holy Shit, sorry for what happened to you, Man, you look like a nice guy that don't deserve that kind of treatment.

Ich werde mal ein bisschen telefonieren."

"Sagen Sie Mr. Grant gern, dass ich Songwriter bin und schon dreimal in Nashville war.

Vielleicht hilft das ja."

„Mach ich."

Und damit bin ich wieder mit meinem „Beschützer" allein und stecke mir die nächste Zigarette an und harre der Dinge, die da kommen mögen. Nach ca. 3 Stunden bringt mir ein Officer eine Pizza, die genauso pappig schmeckt wie ihre Verpackung, aber wenn man Hunger hat, isst man auch so'n Zeug.

Wie meine Vater immer zu sagen pflegte, in der Not frisst der Teufel Fliegen.

Gleichzeitig ist dieser Officer die Ablösung für meinen stoischen Bewacher.

Ich bin gerade bei meiner Zigarette danach und sie schmeckt deutlich besser als das Essen davor, da kommt ein Homeland Security Mann angewackelt, liest mir meine Rechte vor (die man in Amerika sowieso nur auf dem Papier hat) und damit ist mein Schicksal besiegelt. Schon klicken die Handschellen hinter meinem Rücken und ich

Andy McFeel

über

Umwege

stöhne: „Oh Mann, geht das nicht mal ohne. Ich laufe schon nicht weg."

Die intellektuelle und zu erwartende Antwort war:

„Vorschrift, Sir. Gehen wir."

Mit diesen einfühlsamen Worten führt mich der Officer von Bord über die Pier direkt in die im nächsten Gebäude befindliche Zelle.

Welch vertraute Umgebung und ich fühle mich gleich zu Hause.

Als die Zellentür hinter mir ins Schloss kracht höre ich den Officer sagen:

„In wenigen Tagen werden Sie in ein Detention Center verlegt, wo Sie auf Ihre Abschiebung warten. Dort ist es ein bisschen gemütlicher."

„Stimmt, kenn ich schon. In einer von S-Draht umzingelten Turnhalle mit 60 Gefangenen und offenen Toiletten, an denen die weiblichen Wärter nur zu gern vorbei flanieren, könnte es kaum gemütlicher sein. Can't wait to get back there."

Da schließt sich auch schon die Verbindungstür und ich fühle mich genauso ausgeliefert und entrechtet wie einige Jahre zuvor. Erst nehmen sie dir deine Rechte und dann deine Würde. Jeder Knast in Amerika ist ein kleines Guantanamo.

Andy McFeel

über

Umwege

Das habe ich mittlerweile gelernt.

Ich mache es mir auf meiner Pritsche „bequem" und döse ein.

Kapitel XIX

Das Quietschen der Verbindungstür weckt mich aus meinem Dämmerschlaf.

„Hier, Sir, Ihr Dinner" und der Officer reicht mir durch die geöffnete Zellentür eine fetttriefende Pizza und einen dieser Softdrinks, bei denen man schon vom Ansehen Diabetes bekommt.

Ich bedanke mich höflich und füge meinem knurrenden Magen weiteren Schaden zu.

Nach dem Essen holt der Officer das Essgeschirr ab. Ich lese sein Namensschild und frage:

„Joe, meinen Sie es wäre möglich, eine von meinen Zigaretten zu bekommen.

Das würde dieses Abendessen durchaus abrunden."
„Okay Sir, nehmen Sie eine von meinen." Mit „Gute Nacht" lässt er mich genüsslich paffend zurück. Als mich wieder negative Gedanken an meinen letzten Amerika Aufenthalt ereilen wollen,

Umwege

lege ich mich wieder auf die Pritsche und versuche zu schlafen. Mein Körper fühlt sich nach der letzten Hurricane Nacht an wie zerschlagen.

Ich war ja vorher schon nicht in Form, aber eine ganze Nacht tanzend auf einem Vulkan hat mir den Rest gegeben. Und so gelingt es mir auch, relativ schnell einzuschlafen.

Es ist wiederum die Verbindungstür, die mich weckt, aber ich gewöhne mich langsam an das Geräusch und muss kurz an eine Alarmanlage denken, die mich immer vor einem potentiellen Angreifer weckt.

Irgendwie ein tröstlicher Gedanke.

Während ich die Beine über die Pritsche schwinge und möglichst behände aufstehen will, schlägt mein Muskelkater endgültig zu, und ich sinke zurück auf die Pritsche. Mit einem schiefen Grinsen drücke ich mich dennoch hoch und versuche den aufrechten Gang (Bloß keine Schwäche zeigen).

„Hi Good Morning, Sir, ich hoffe, Sie haben gut geschlafen?"

Andy McFeel

über

Umwege

„Guten Morgen, Joe, hätte kaum besser sein können." Als ich mit schmerzverzerrtem Gesicht das Frühstückstablett entgegen nehme, fragt er besorgt:

„Ist alles okay mit Ihnen. Sie sehen aus, als könnten Sie einen Arzt gebrauchen."

„Nichts Ernstes, Joe. Ich habe nur vor 3 Tagen die ganze Nacht mit einem Hurricane getanzt und habe einen tierischen Muskelkater."

„Was, Sie sind da durch gekommen. Respekt, wir haben Meldungen von einem Dutzend Schiffe, die das nicht geschafft haben. Ich ziehe meinen Hut."

Als er sich abwenden will sage ich: „Joe?"

„Ah, sorry, hab ich vergessen. Hier Ihre Zigarette danach."

„Sie sind der Beste, Joe."

„Das ist doch das Mindeste, was ich in Ihrer Situation für Sie tun kann. Genießen Sie das Frühstück, hat unsere Köchin mit viel Liebe gemacht." „Thanks, Brother."

Und erst da sehe ich auf den Teller, Bacon und Eggs mit Toast, tatsächlich mein Lieblingsfrühstück in Amerika. Das macht zumindest eine der verunglückten Pizzen von gestern wieder wett.

Andy McFeel

über

Umwege

Mit diesem Gedanken stürze ich mich auf die Riesenportion und habe keinen Zweifel daran, dass ich nichts übrig lassen werde.

Beim nächsten Quietschen der Tür bringt Joe einen Besucher mit, um die 50, gut und vermögend aussehend.

Der muss sich irgendwie verirrt haben, denke ich, oder er ist Anwalt.

Als Joe mein Essgeschirr entgegennimmt klärt er mich auf.

„Andy, dies ist Mr. Grant, dessen Boot Du gerettet hast."

„Na, wenn das Boot mal nicht mich gerettet hat", murmele ich. Durch die Zellengitter schüttelt mir Mr. Grant herzlich die Hand und nimmt mich prüfend in Augenschein während er mir tief in die Augen blickt.

Das machen Amerikaner gerne, sie wollen direkt in Deine Seele blicken. Nur Scheiße wenn Du keine hast. Also warte ich auf sein Urteil während wir uns so gegenüber stehen, uns gegenseitig interessiert mustern, darauf wartend, wer in einem Anfall von mentaler Schwäche zuerst die Stille brechen würde. Ich halte durch.

„Freut mich sehr, Sie kennen zu lernen, Andy, ich wünschte nur, es wäre unter anderen Umständen."

Andy McFeel

über

Umwege

„Oh, das hätten Sie haben können als ich 2009 in Nashville war, aber offensichtlich haben sich unsere Wege dort nicht gekreuzt."

„Da jeder Taxifahrer in Nashville Songwriter ist, gehe ich davon aus, dass auch Sie dieser Krankheit erlegen sind. Was war Ihr Problem?"

„Keine Social Security Number zu kriegen. Ich habe mir an Ihrer Bürokratie buchstäblich die Sohlen abgelaufen und anschließend die Zähne ausgebissen."

„Oh, I can understand that" kam mitfühlend vom Gegenüber.

„Wie landet ein in Nashville gestrandeter Songwriter in mitten hoher See auf meiner Yacht, die sich 2 Wochen zuvor von Miami aus in einem Sturm selbständig gemacht hat?"

„Nun, die Kurzversion ist, dass ich bei einem Sturm von Bord eines Frachters gefallen bin, nachdem ich die verlassene Yacht entdeckt hatte und meine einzige Überlebenschance darin sah, auf dieses Schiff zu gelangen, denn an Bord des Frachters hatte niemand meine Schwimmübungen bemerkt und der zog weiterhin gen Horizont. Ich hoffe, Sie betrachten diese Aktion nicht als Diebstahl, ich habe mittlerweile gelernt, dass in America andere Regeln herrschen als in good ol' Europe?"

Andy McFeel

über

Umwege

„Oh, darüber würde ich später gern mehr erfahren, aber fürs Erste habe ich genug gehört. Ich melde mich später wieder bei Ihnen, vielleicht so gegen Mittag." Sprachs und verließ mit Joe, der unbeteiligt der Unterhaltung beigewohnt hatte, durch das vertraute Quietschen den Zellentrakt. Ich hoffte auf nichts und legte mich wieder auf meine Pritsche.

Ich hatte zu oft gehofft in meinem Leben.

Diesmal weckt mich der Pizza-Geruch vor dem Quietschen und ich ahne Böses mein Lunch betreffend. Diesmal sind wir schon zu viert, Mensch, vielleicht kriegen wir ja doch noch 'ne Fußballmannschaft zusammen, denke ich so bei mir.

„Dies ist mein Anwalt, Andy, Mr. Scott, und er wird Sie hier in Kürze rausholen. Wir haben die Formalitäten bereits geklärt, und es dürfte nur noch eine Sache von Minuten sein. Überlegen Sie sich also, ob Sie diese Pizza wirklich essen wollen."

„Mit dem Gedanken hatte ich ohnehin schon gespielt, Mr. Grant, aber danke für den Tipp. Dürfte ich erfahren, wie es möglich ist, dass ich plötzlich in ein Land entlassen werde, dass ich eigentlich gar nicht betreten darf und für das ich mehrfach vergeblich ein Visum beantragt hatte.

Die amerikanische Logik in Sachen Immigration überfordert mich so langsam aber sicher."

Andy McFeel

über

Umwege

In diesem Moment betritt eine Bedienstete durch die noch offenstehende Quietschtür den Trakt und überreicht dem Anwalt ein Blatt Papier. Ich denke noch, die hat sich aber schlau angeschlichen, aber wo ist eigentlich der Fußball, wir haben doch jetzt schon fast eine halbe Mannschaft, da rasselt Joe auch schon mit seinen Schlüsseln.

Etwas überrumpelt lasse ich mich von Joe liebevoll am Arm gefasst durch die Gänge geleiten, nehme meine persönlichen Sachen entgegen und blinzele plötzlich im Sonnenlicht.

Mann, ich wusste gar nicht wie sehr ich das vermisst hatte und griff sogleich nach meiner Sonnenbrille. Ach ja, und endlich konnte ich Joe mal eine Fluppe anbieten, ich wusste, dass die meisten Amis im Auto nicht rauchten und dies für lange Zeit meine letzte sein würde.

Aber die Freiheit schmeckt süß auch wenn ich mit der plötzlichen Wendung meiner Situation etwas überfordert bin. Ich sehe eine dunkle Limousine, auf die wir zusteuern und versinke in den Tiefen ihrer Sitze.

„Tut mir Leid, Andy, dass wir Sie so überfallen, aber es hatte den Anschein als wollten Sie schnell da raus.

Mein Anwalt hat sich ihre Akten gezogen, und ich finde, Ihnen ist in diesem Land schon genug widerfahren, so dass man Ihr Leiden nicht noch unnötig verlängern muss." Dies klingt so sehr zu gut um wahr zu sein, dass Mr. Grant dies natürlich noch toppen musste. Seine Limo

Andy McFeel

über

Umwege

setzt zwischendurch „unseren" Anwalt ab (so weit war ich schon im Denken) und fährt uns anschließend zu einem der besten Hummer-Restaurants, in denen ich je gegessen habe.

Wir machen Small Talk, erzählen uns ein bisschen aus unserem Leben wie ich es in Amerika gelernt habe, nicht zu tief, nicht zu direkt und nicht zu persönlich. Also konzentriere ich mich auf dieses grandiose Essen, versuche, nicht zu viel von mir Preis zu geben und lausche ansonsten seiner sonoren Stimme. Erst als wir auf das Music Biz und Music Row zu sprechen kommen wächst mein Interesse.

„Echt, Sie haben Songs für die Rascal Flatts gepitched, how cool, und Faith Hill and Tim. Wow, Sie müssen eine große Nummer sein on Music Row."

„Guess so, aber ich schulde Dir auch einen Gefallen, immerhin hast Du mir meine Yacht zurück gebracht. Weißt du, was ich nicht verstehe? Du hast bist jetzt noch nicht nach einer Belohnung gefragt."

„Dennis Grant, Du hast mich aus dem Knast geholt, hast für mich gebürgt, so dass ich mich hier bewegen kann, hast mir einen genialen Hummer servieren lassen und jetzt sind wir auf dem Weg nach Nashville in Dein Haus, in das Du mich eingeladen hast. Was wäre denn eine größere Belohnung für mich als das? Ich habe Probleme mit

Andy McFeel

über

Umwege

US Authority Schwachsinn, aber dennoch hatte ich meine glücklichste Zeit in Nashville."

„Ein interessanter Standpunkt, Andy. Sehr unamerikanisch".

Mit diesen Worten zahlt er und statt der Limo besteigen wir einen netten SUV, seinen Privatwagen, wie sich herausstellen sollte. Zumindest einer von ihnen.

Im Auto „Ready for Nashville, Andy?"

„Ehrlich? ...Keine Ahnung, es ist ziemlich viel auf mich herein geprasselt in den letzten 72 Stunden."

„Verstehe ich vollkommen, lehn Dich zurück und mach die Augen zu. Jetzt bin ich der Skipper.

Ich kann mir vorstellen, was du durchgemacht hast. Ich wecke dich zum nächsten Essen fassen.

Mal sehen wie weit wir kommen heute.

Let's eat some Miles, Brother."

Kapitel XX

Als ich wieder das Licht der Welt erblicke ist davon nicht mehr viel davon übrig.

Vereinzelte Lichter und ganz viel Dunkelheit.

Andy McFeel

über

Umwege

„Heilige Scheiße, wie lange hab ich denn geschlafen?"
„So viel wie du nötig hattest, schätze ich, wir sind in Georgia." Da klingelt es bei mir.

„Sag mal, wir müssen doch irgendwo übernachten vor Nashville, ich habe einen alten Freund in Georgia."

„Und das heißt?"

„Na ja, ich würde ihn gern besuchen und du wärst natürlich herzlich willkommen. Aber es ist natürlich kein Vier Sterne Ding, ...ist halt ihr Haus. Wundervolle Leute, 2 tolle Kids. Er ist oder

besser war einer meiner Texter / Co-Writer, du weißt schon. Allerdings hatten wir ein bisschen Long Distance Zoff, vielleicht will er mich ja gar nicht sehen."

„Das ließe sich ja herausfinden, ich habe das Gefühl, dir liegt etwas an ihm."

„Unbestreitbar, er hat mir in Nashville sehr viel geholfen mit meinem Grundstück und meinem Camping Trailer und so.

Und auch er hat nie nach Bezahlung gefragt."

„Du erstaunst mich immer mehr, Mr. Andy McFeel, wo lernt man solche Leute kennen. Kannst Du ihn anrufen?"
„Klar, wenn ich die Nummer hätte. Er steht in den White Pages, Calhoun, Georgia."

Andy McFeel

über

Umwege

„Dann werden wir mal unser hochmodernes, mit dem Internet verbundenes Auto nutzen."

Wenig später wähle ich John's Nummer und weiß nicht, was mich erwarten wird.

„This is Jeanette". „Hi Jeanette, this is Andy from Germany, is John available?"

„Hi Andy, so nice to hear from you, John's just out for a job but should be back by 8 pm, can I leave him a message?"

„Well, Jeanette, I'm actually driving through Georgia right now with a Friend of mine and we are looking for a Place to stay overnight, before we'll be heading for Nashville tomorrow. Don't get me wrong, he's an established Music Publisher in Nashville and would book us a

Hotel, I just thought it would be so cool to see you guys again."

„Er ist ein erfolgreicher Musikverleger?"

„Ja, und vielleicht könnte ich ihn ja für John's Texte begeistern und meine Musik, was auch immer. Er weiß, dass ihr schlicht und einfach lebt und das ist überhaupt kein Problem. Er würde John nur gern kennen lernen und ich würde euch gern wieder sehen."

„Okay kein Problem, wann werdet ihr hier sein?"

Andy McFeel

über

Umwege

„Dennis?" „In ca. 2 Stunden, Jeanette, und machen Sie sich bitte keine Umstände wegen uns, wir werden sonst alternativ ein Motel oder so etwas in der Umgebung finden."

„Wir freuen uns auf euch, Andy."

Na das war ja mal 'n guter Start. Wurde auch mal Zeit. Der Rest der Fahrt verläuft gesprächsarm, jeder hängt seinen Gedanken nach bis ich Gegend und Gebäude wieder erkenne und sich bei mir ein heimisches Gefühl einschleicht, über das ich erst mal gar nicht so glücklich bin.

Als wir schließlich über den schmalen Übergang auf das Grundstück fahren, der über den Graben führt habe ich es vor Augen als wäre es gestern gewesen.

Dass ich bei strahlendem Sonnenschein, nachdem John mir meinen günstig geschossenen Camping Trailer umgebaut hatte, gen Nashville zog, um die Musikwelt zu erobern. Und irgendwie schaffte ich es, den Trailer nicht in diesem Bach zu versenken und dachte, cool, erste Hürde genommen. Wie hätte ich wissen können, was da noch alles auf mich warten sollte. Jedenfalls sind wir jetzt erst einmal da und der Empfang ist überschwänglich.

Wir haben uns seit 5 Jahren nicht gesehen aber es scheint so, als wären wir uns immer noch genauso nah wie damals. Natürlich gibt es das übliche „wie geht's dir, schön dich zu sehen", und ich glaube, es ist auch ernst gemeint.

Andy McFeel

über

Umwege

Natürlich sind wir zu Abendessen eingeladen.

Nach dem Essen kann ich Dennis und John dazu überreden, unser Gespräch auf die Veranda zu verlegen, da es ja noch so ein milder Abend sei, aber in Wirklichkeit wollte ich natürlich meine unterwegs an einer Tankstelle erstandenen Zigaretten genießen, was John immer toleriert hatte, aber, mit meinem vollsten Verständnis, nicht in seinem Haus.

Draußen war okay. Für mich Frischluftfanatiker sowieso, erstens rauche ich zu Hause auch nur an der geöffneten Balkontür meiner Wohnung und zweitens würde es mir

nie in den Sinn kommen, im Hause eines Nichtrauchers, mir eine anzustecken.

„Sag mal, Andy, seit wann rauchst du eigentlich Zigaretten, du hast doch immer Pfeife geraucht?" eröffnet John das Gespräch.

„Seit sie mir auf einem Musikfestival in Kiel meine Pfeifen geklaut haben und ich keine 100 Euro hatte, um mir neue zu kaufen. Seitdem rauche ich wieder Zigaretten. Die haben mir auch frisch geschriebene Songs aus meinem Appartement geklaut, mit denen außer mir keiner was anfangen kann. Die sind halt bekloppt, die Deutschen, wenn du etwas gut kannst, finden sie irgendwelche Wege, dich deswegen fertigzumachen, die sind halt so, deswegen wollte ich ja unbedingt weg aus Deutschland."

Andy McFeel

über

Umwege

„Sorry to hear that, Andy, und in Nashville war es besser?" fragte Dennis.

„Ich habe in 4 Monaten in Nashville mehr Freunde gefunden als in Deutschland in 40 Jahren. Ich bin vielleicht im falschen Land geboren. Ich bin von Herzen sicherlich mehr Amerikaner als Deutscher aber das interessiert keine US Behörde."

„Sagt mal ihr beiden, wie habt ihr euch eigentlich kennen gelernt, John?"

„Wir waren beide Mitglieder der NSAI, der Songwriter Association und trafen uns bei einem Seminar. Anschließend sprachen wir noch miteinander und vereinbarten ein Treffen am nächsten Tag.

Andy hatte sich einen Minivan über Ebay gekauft während ich zu Fuß unterwegs war. Als wir uns am nächsten Tag trafen klagte ich darüber, dass ich kaum geschlafen hätte, da ein Mitbewohner in meinem Hostel geschnarcht hat wie verrückt und Andy bot mir an, mit den Vermietern seines Writing Rooms zu sprechen und sie ließen mich auch tatsächlich dort übernachten. Er fuhr mich hin zu dem Gespräch und wieder zurück, um meine Sachen zu holen und hat nie auch nur nach einem Cent gefragt und ich war auch ziemlich knapp bei Kasse. Das hat mich sehr beeindruckt und so sind wir Freunde geworden."

„John ist sehr religiös im Gegensatz zu mir, musst du wissen, und er tut eine Menge guter Dinge in seiner Gemeinde, aber er ist auch sehr tolerant. Er sieht, auch wenn ich nicht religiös bin, versuche ich trotzdem, ein guter Mensch zu sein."

„Tja, Dennis, von da an haben wir zusammen Songs geschrieben, entweder wenn Andy hier war oder long distance, ich schicke ihm den Text per Email, Andy editiert

und schreibt, arrangiert und produziert die Musik, und ich kriege dann per Email die MP3.

Und ich kann dir sagen, Andy weiß, was er tut, wenn er Musik komponiert, das solltest du dir vielleicht bei Gelegenheit mal anhören."

„Wo wir gerade dabei sind, kann ich mal was hören?"

„Ich habe nichts dabei, wir müssten im Internet nach meinen Songs suchen, es sei denn, du hast noch eine CD, John"

„Ich fürchte nicht und Internet haben wir leider im Moment auch nicht. Es gab etwas Ärger mit unserem Provider."

Meine „Glückssträhne" sollte sich also fortsetzen, aber was soll's. Der Abend ist zu schön, um sich über Dinge zu ärgern, die ich sowieso nicht ändern konnte. Nach ei-

Andy McFeel

über

Umwege

ner Weile sage ich in die eingetretene Stille: „John, weißt du noch, wie du meinen Camping Trailer umgebaut hast? Das war so cool."

„Langsam wird's frisch hier draußen, lass uns rein gehen, Andy."

„Geht ihr nur vor, ich rauche noch eine. Du kannst Dennis die Geschichte ja schon mal erzählen."

Ich gehe dann aber doch hinter den beiden rein, um mir ein Glas Wein nach zu schenken, da das so gut zu meinem Zigarettchen passt, das ich mir draußen noch gönnen möchte. Dieses genießend höre ich durch die landestypisch dünne Hauswand wie John Dennis von unserem Abenteuer erzählt.

„Dennis, im ersten Jahr hat Andy einen Minivan gekauft, mit dem er mich dann hin und her kutschiert hat. Den hat er dann wieder verkauft bevor er zurückflog. Das nächste Jahr kam er mit einem Dodge Ram an und hatte sich einen Camping Trailer gekauft. Ach, nebenbei erwähnte er noch, er habe sich ein Grundstück in Nashville gekauft und wollte in seinem Camping Trailer günstig wohnen bis er endlich seinen ersten Vertrag haben würde und er ging selbstverständlich davon aus, dass das auch klappen würde. Ich habe ihn nicht gebremst, aber er hat sich schon Häuser für sein Grundstück angesehen. Der Typ ist irre".

„Warum hast du denn nicht besser auf ihn aufgepasst, offensichtlich war er doch total naiv in Sachen Music Biz."

Andy McFeel

über

Umwege

„Nein, Dennis, das war ja das Verrückte, er wusste alles, hatte 1000 Bücher gelesen, wusste über Tantiemen, Song Registrierung usw. alles. Ich hätte nie gedacht, insbesondere nachdem ich seine Musik gehört hatte, dass der jemals scheitern könnte. Ich habe niemals einen fleißigeren,

ehrlicheren, und kompetenteren Musiker als Andy kennengelernt.

Klar tickt er auch mal aus, beschimpft mich,...tut auch weh....., aber er meint das nicht so.., er hat einfach soviel auf die Fresse gekriegt,...ich weiß nicht wie der das aushält... eigentlich tragisch.."

„Na, aber dein Leben war doch wohl auch nicht leicht, Andy sagte was von 2 halb autistischen Söhnen, die aber großartig sein sollen."

„Nein, leicht war es nicht, aber wie Andy sagt, die beiden sind großartig und gehen ihren Weg.

Mehr kannst du als Eltern nicht erreichen, egal was für Kinder du hast".

„Da hast du sicher Recht, John. Danke für deine Offenheit. Da scheinen sich ja zwei Gleichgesinnte gefunden zu haben, bei euch beiden"

Ich höre von draußen wie sich die beiden zur Nacht verabschieden und gehe hinein und schließe mich Dennis an, mit dem ich das Gästezimmer teilen würde. Zu schade, dass wir weder Aufnahmen noch Internetanschluss haben

Umwege

heute Abend, aber vielleicht sollte das so sein. Wer weiß, wofür es gut ist, wie ich mir in solchen Situationen immer zu sagen pflege. Erstmal bin ich glücklich, dass John und seine Familie mich wieder so herzlich aufgenommen haben und zweitens freue ich mich über einen gelungenen Abend.

Mit diesem Gefühl sinke ich in einen tiefen Schlaf.

Kapitel XXI

Der nächste Morgen bringt einige Überraschungen. Zuerst weckt mich Dennis' Handy – Klingelton. Anschließend höre ich seine verschlafene Stimme leise irgendetwas ins Telefon murmeln vermutlich in dem vergeblichen Versuch, mich nicht zu wecken.

Nachdem er das Gespräch beendet hat richte ich mich im Bett auf.

„Guten Morgen, Dennis, ich hoffe, du hast genauso gut, wenn auch nur kurz, geschlafen wie ich, und dass ich dir nicht die Ohren vollgeschnarcht habe."

„Morgen, Andy, wenn du's getan hast, haben meine Ohren es jedenfalls nicht gehört, hab' geschlafen wie tot. Ich

Umwege

spüre so lange Autofahrten aber auch immer mehr. Irgendwie ist man doch keine 21 mehr.

Meinst du, unsere Gastgeber sind schon auf?"

„Jede Wette, die waren schon immer Frühaufsteher."

Also erledigen wir unsere Morgentoilette nacheinander im benachbarten Badezimmer. Als ich als Erster fertig bin gehe ich nach unten und auf die Veranda für meine Morgenzigarette.

Es ist frisch, nebelverhangen, das Gras ist nass und es herrscht eine so schöne Stille, dass man jedes Vogelgezwitscher umso deutlicher hört. Was für ein Kontrast zur tosenden See vor einigen Tagen.

John öffnet die Veranda Tür:

„Möchtest du frühstücken, Andy?"

„Unbedingt" antworte ich und drücke die Kippe im Ascher aus. Als wir in die Küche kommen ist Jeanette schon fleißig dabei, ihre Vorräte auf dem Tisch zu verteilen. Ich nehme den Geruch von gebrutzeltem Speck war als Dennis frisch gebügelt die Treppe herunter kommt.

„Wow, das sieht nach einem richtigen Familienfrühstück aus. Großartig."

Andy McFeel

über

Umwege

Während wir uns von John's Frau mit Bacon 'n' Eggs auf Toast, meinem amerikanischen Lieblingsfrühstück, verwöhnen lassen fällt mir ein Anekdötchen ein.

„John, erinnerst du dich noch als wir den Camping Trailer erstmal am Percy Priest Lake zwischen geparkt hatten, um erst mein Grundstück in Ordnung zu bringen?"

„Na klar."

Zu Dennis gewandt, „am letzten Tag auf dem Campingplatz hatte ich viele Dinge zu verstauen und den Trailer an den Van zu hängen und so weiter, und ich bat John, doch schon mal den Abwasch zu machen.

Als wir zur Abfahrt bereit waren hörte ich von John auf dem Beifahrersitz nur:

„I can't believe you made me do the Dishes" und da ist es um uns alle geschehen und wir lachen mit allem, was wir haben. Jeanette kann es kaum glauben, dass ihr Mann mehr oder weniger freiwillig Hausarbeit gemacht hat. Nachdem wir uns wieder einigermaßen beruhigt haben sagt Dennis:

„Vielen Dank für dieses ausgezeichnete Frühstück, ich wünschte, ich könnte mehr davon essen, aber ich platze gleich. Ihr seid wunderbare Gastgeber."

„Danke, Dennis, gern geschehen."

Andy McFeel

über

Umwege

„Ich würde gern noch mehr von diesen vergnüglichen Ge-
schichten hören, aber wir müssen los, Andy. Ich bekam
vorhin einen Anruf. Shania will unbedingt noch heute
einen Vertrag über einen Song abschließen, da sie morgen
wieder zu ihrem Vegas Gig fliegt. Und vor der Unter-
schrift muss ich noch ein paar Vertragsklauseln prüfen.
Wer weiß, was ihr Anwalt da wieder ausgeheckt hat."

Da sagt John plötzlich: „Dennis, könnte ich vielleicht mit-
kommen? Ich habe ein paar Tage frei und könnte Andy
helfen, neue Songs zu schreiben."

Nach kurzem Zögern willigt Dennis ein.

„Warum eigentlich nicht. Im Auto ist genug Platz und in
meinem Haus auch. Aber ich möchte Jeanette nicht ihren
Mann entführen."

„Das ist schon okay, Mr. Grant. Üblicherweise verbringt
John die Sommer in Alaska, da es ihm in Georgia zu heiß
ist und er dort oben gutes Geld verdient. Ich bin es also
gewöhnt, ihn monatelang nicht zu sehen, da kommt es auf
ein paar Tage auch nicht an" sagt John's Frau während sie
den Tisch abräumt. „Aber dass John tatsächlich mal irgendwo den Abwasch gemacht hat, ist interessant zu erfahren. Vielleicht erinnere ich ihn mal daran."

Und ich fange mir einen irritierenden Blick meines Freun-
des ein. Aber den versuche ich geflissentlich zu ignorieren. Da erhebt sich John von seinem Stuhl, „das müssen
wir auch nicht weiter vertiefen. Andy, du willst bestimmt

Andy McFeel

über

Umwege

noch eine rauchen und ich gehe und packe schnell ein paar Sachen zusammen."

Kapitel XXII

Als die Skyline von Nashville vor uns auftaucht macht sich ein wohliges Gefühl in meinem Bauch breit. So ein bisschen wie nach Hause kommen, wohl wissend, dass dem nicht so ist. Schließlich bin ich hier nur geduldet, da ein Segelyachtbesitzer mir seine Dankbarkeit für die Rettung seiner Yacht zeigen möchte. Ich bekomme nach wie vor keine Greencard oder Sozialversicherungsnummer und stehe damit genauso dumm da wie 2009, als ich das letzte Mal hier war. Was will ich eigentlich hier, hat doch beim letzten Mal auch alles nicht geklappt. Und überhaupt, wäre Kuba nicht gewesen, würde ich jetzt vielleicht an einem schönen Karibik Strand meine alten Knochen wärmen. Ob mich das allerdings irgendwie weiter gebracht hätte, steht natürlich auf einem anderen Blatt.

„Okay Guys" reißt mich Dennis aus meinen Gedanken, „ich habe vorhin noch eine Email bekommen, ich soll sofort zu Mrs. Twain kommen, um den Pitch abzuschließen. Ich hoffe, es macht euch nichts aus, wenn wir einen kleinen Umweg fahren." Nein, dieser Umweg machte den 2 Songschreibern im Wagen überhaupt nichts aus.

Andy McFeel

über

Umwege

Während wir eine schier endlose Auffahrt entlang fahren fällt mir wieder so eine Geschichte ein, die ich in Nashville erlebt hatte, ein sehr interessantes Treffen mit jungen Leuten in dem Club, in dem ich üblicherweise rum hing, und das endete damit, dass sie sich über ihre eigene Sprache lustig machten. „You know Andy, we drive on a Parkway and park in the Driveway and we play Football with our Hands." Das ging noch eine Weile so weiter und war äußerst amüsant in meiner Erinnerung als plötzlich ein ziemlich großes Anwesen vor uns auftaucht und ich laut denke:

„Nette Hütte."

Als der Wagen hält und wir aussteigen kommt auch schon eine sichtlich gut gelaunte Shania Twain die Veranda Treppe hinunter, um zuerst Dennis herzlich mit einer Umarmung zu begrüßen.

„Es ist so schön, dass du es noch geschafft hast. Was hat dich aufgehalten? Du warst plötzlich aus Nashville verschwunden."

„Yeah, lange Geschichte, ich habe mein Segelboot wieder in Empfang genommen, das sich vor 3 Wochen bei einem Hurricane losgerissen hatte.

Und dieser junge Mann dort hat es mir wieder beschafft, vielleicht ein bisschen unfreiwillig, aber immerhin. Nebenbei hat er noch ein paar Kubanern die Flucht ermög-

Andy McFeel

über

Umwege

licht. Nur um dann selbst als Illegaler in Miami verhaftet zu werden.

Verzwickte Geschichte, aber jetzt sind wir ja hier."

„Wow, das klingt wie ein Song oder besser wie ein Film, sind die Rechte noch zu haben, Mister?"

„Andy, Andy McFeel und das ist mein Freund und Co-Writer John. Es ist mir ein Vergnügen, Sie kennen zu lernen, auch wenn es mir ein bisschen unangenehm ist, bei Ihnen so einfach rein zu platzen."

„Machen Sie sich keine Sorgen und nenn mich bitte Shania. Songwriter untereinander siezen sich hier nicht."

Währenddessen geleitet Shania uns in ihr Haus, in dem alles irgendwie zu groß zu sein scheint, die Halle, die Empore (das war schon keine Treppe mehr)s Mobiliar, typisch amerikanisch halt, aber Shania ist Kanadierin.

Egal, ein Traumhaus ist es alle mal.

„Möchte jemand einen Kaffee?"

„Oh wir möchten Ihnen keine Umstände machen, aber mir wäre mit einer Toilette gedient. Wir haben eine recht lange Fahrt hinter uns."

„Natürlich Andy, den Flur entlang und dann auf der rechten Seite."

„Danke."

Andy McFeel

über

Umwege

„John, kann ich etwas für Dich tun?"

„Nein, vielen Dank, Mrs. Twain, mir geht es gut. Bitte lassen Sie sich nicht durch uns von Ihren Geschäften abhalten. Wenn ich mir Ihren Garten ansehen dürfte, ich bin Landschaftsgärtner, wäre ich schon sehr glücklich."

„Das ist cool, John, folge mir, hier ist die Terrassentür und wenn Du etwas brauchen solltest, Dennis und ich sind in der Bibliothek gleich neben der Eingangshalle. Okay Dennis, wollen wir?"

Mit diesen Worten hakt sie sich bei ihm unter und die beiden verschwinden Richtung Eingangsbereich.

„John ist auf der Terrasse, Andy" sagt Dennis als ich die beiden im Flur treffe, also gehe ich auch dorthin.

Ich sehe John, wie er den prächtig angelegten Garten bestaunt während es mich eher zum Pool zieht. Muss doch mal testen wie warm das Wasser ist.

Mein Blick schweift nach links, wo die sich dort öffnende Hecke den Blick freigibt auf einen sanft abfallenden Hang an dessen Ende wir Pferdeställe und einige Pferde auf den angrenzenden Koppeln sehen.

Ich gehe zu John,

„Alter, da wollten wir auch mal hinkommen, weißt du noch?"

„Yeah, aber hat halt noch nicht sollen sein."

Andy McFeel

über

Umwege

„Irgendjemand sagte mal, es ist erst zu spät, wenn ich sage, dass es zu spät ist. Oder so ähnlich."

Musste irgendein dusseliges Filmzitat sein, nur abgewandelt.

„Warum wolltest du eigentlich mit kommen, John? Also ich find's total cool, ich dachte nur, du hättest die Musik an den Nagel gehängt, so wie ich. Oder gab's Ärger mit Jeanette?"

„Andy, du weißt doch, ab und zu gibt's immer mal Ärger, aber das ist kein Problem. Aber du hast schon recht, es tut gut, mal ein paar Tage raus zu kommen.

Ich schätze, dein Auftauchen hat mich einfach motiviert, es noch einmal zu versuchen, ob wir nicht doch noch etwas erreichen können. Wir wissen, dass unsere Songs gut sind, und jetzt kennst du sogar einen Verleger.

Wenn das keine Chance ist, was dann?"

„Stimmt, Bruder, dann lass uns den Moment genießen und bei Dennis mit der Arbeit anfangen."

In diesem Moment ruft Dennis uns und nach einer kurzen Verabschiedung von Shania gehen wir zu unserem Wagen.

„Tut mir Leid, Jungs, ich hätte gern mehr Zeit mit euch verbracht, aber ich fliege morgen nach Vegas und muss noch packen. Ich wünsche euch einen schönen Aufenthalt

Andy McFeel

über

Umwege

in Nashville und solltet ihr noch da sein, wenn ich in einem Monat zurück komme, dann ruft mich gerne mal an.

Dennis hat meine Nummer."

„Machen wir, Shania" sagen ich möglichst selbstverständlich und bin mir sicher, dass es nie dazu kommen wird.

Ich habe schon zu viele solcher Einladungen erhalten, um gelernt zu haben, dass es sich in der Regel um reine Höflichkeitsfloskeln handelt.

Im Auto frage ich Dennis, „Ist alles zu deiner Zufriedenheit verlaufen?"

„Na ja, war ein bisschen hin und her, aber das ist immer so. Im Ergebnis bin ich zufrieden.

Seht, die Skyline von Nashville."

„Ich weiß, Dennis, ich bin schon aus allen Himmelsrichtungen in die Stadt gefahren und es hat mich jedes mal wieder beeindruckt."

So ist es auch diesmal.

Kapitel XXIII

Andy McFeel

über

Umwege

Als Dennis durch Belle Meade fährt, um dann in seine Einfahrt ein zu biegen, weiß ich, dass er es zu wirklichem Reichtum gebracht hatte.

Ich nehme das mal als gutes Ohmen.

„Jungs, ich zeig euch eure Zimmer und dann muss ich noch ein bisschen was weg arbeiten. Das Studio ist im Keller, also fühlt euch ganz wie zu Hause."

Gesagt getan. Nachdem wir unsere Zimmer in Beschlag genommen haben erkunden wir den Keller. Wow, das nenn' ich mal ein Studio, Equipment vom Feinsten. Ich schnappe mir eine Fender Acoustic, ähnlich der, die ich mir in Nashville gekauft hatte, damals, es schien Jahrzehnte her zu sein, und fange an zu klimpern. Oh Mann, ganz schön aus der Übung.

„John, hast du noch die Texte der Songs, die ich in Nashville aufgenommen habe? Vielleicht sollten wir mit denen anfangen, um wieder rein zu kommen."

„Ich habe sie im Kopf, oh warte, da liegt ein Block mit Stift, ich schreibe sie kurz auf."

„Und ich versuche mich an die Musik zu erinnern. Der eine hieß Grillfriends und der andere ging irgendwie „if Banks were Barns" oder so, ach ja, du nanntest ihn „Wall Street". Die beiden gingen im Internet Radio damals ziemlich schnell um die Welt." „Gib mir 'ne Minute, Andy." „Sure" sage ich und versuche mich ein bisschen

Andy McFeel

über

Umwege

ein zu spielen. Die Akustik ist echt klasse hier unten, was mich ein bisschen beflügelt, über meine schmerzenden Fingerkuppen hinweg zu sehen, die mich deutlich daran

erinnern, dass ich seit einigen Jahren keine Klampfe mehr in der Hand hatte.

„Okay Andy, hier ist „Wall Street", versuch mal, ob du wieder drauf kommst, was du damals gemacht hast." So verbringen wir den halben Nachmittag damit, an unseren alten Songs rum zu fummeln bis sie wieder halbwegs vertraut klingen. Als uns gerade der Hunger packt, kommt Dennis die Treppe runter gestiefelt. „Wow, Boys, das klingt ziemlich gut."

„Danke Dennis."

„Was haltet ihr davon, jetzt Essen zu gehen, in meinem Kühlschrank hat sich gerade die letzte Maus erhängt." „Klingt verlockend, wo gehen wir hin?"

„Kennt ihr „Monell's", „und ob" sage ich, „ich war mal, ich glaube an einem Dienstag da und da hatten die Rindfleischtag, das war das beste BBQ, das ich je gegessen habe."

„Worauf warten wir dann noch." Und los geht's.

Das sehr besondere an „Monell's" ist, dass man an langen Tafeln speist, willkürlich irgendwo hingesetzt wird und sich manches Mal neben hochrangigen Politikern oder Geschäftsleuten wider findet.

Andy McFeel

über

Umwege

Als ich das letzte Mal da war, unterhielt ich mich mit einem Politik Berater, der früher für Bill Clinton gearbeitet hatte. Man konnte also durchaus in eine illustre Runde geraten.

Aber ich ermahne mich sofort, mich künftig mit meinen politischen Ansichten schön zurück zu halten. Die hatten mich schon einmal schön in die Scheiße geritten, und das muss ich nicht noch mal haben. Ich hoffe nur inständig, dass sich meine manchmal große Klappe diesmal an die Anweisungen ihres Chefs halten würde.

Das Essen war ein Gedicht, genauso wie ich es in Erinnerung hatte und ich aß soviel wie lange nicht mehr. Offensichtlich hatte ich einiges nach zu holen.

Überflüssig zu sagen, dass Dennis uns einlud.

Auf der Rückfahrt kommt mir ein Gedanke.

„Dennis, du hast doch sicherlich Internet in deinem Haus. Wann immer du Zeit hast, würde ich dir gern einige Titel vorspielen."

„Ich muss heute Abend noch mal weg, warte, morgen habe ich den ganzen Tag Termine, aber übermorgen sollte es klappen."

„Great. Könnte ich nachher vielleicht mal an deinen Rechner, um alles vorzubereiten? Ich muss meine ganzen Links suchen und sicher stellen, dass wir meine Songs auch abspielen können, da man sich hierfür auf einigen Seiten erst anmelden muss.

Ich möchte übermorgen nicht deine Zeit verschwenden."

„Das ist eine sehr löbliche Einstellung, Andy. Ich liebe es, mit Profis zu arbeiten. Ich gebe dir nachher Bescheid bevor ich losfahre, dann kannst du an meinen Computer."

„Danke Dennis."

„Ich weiß nicht, was ihr morgen machen wollt, aber ihr könnt den Van nehmen, der in der Garage steht, den Schlüssel lege ich euch auf den Küchentisch."

„Dennis, du bist der Beste."

Später gehe ich mit John dann an Dennis Computer, „Kann ich kurz eine Nachricht an die Familie schreiben, Andy?" „Natürlich".

Kurz darauf bin ich dann dran, die entsprechenden Vorbereitungen für unser Demo Hearing der etwas anderen Art vorzubereiten.

Irgendwann bin ich fertig. „Andy, ich muss jetzt ins Bett." „Ich auch, John, war ein langer Tag."

Mit dem beruhigenden Gedanken, hoffentlich an alles gedacht zu haben gehe ich ins Bett und kann nicht schlafen.

Früh am nächsten Morgen treffe ich John in der Küche. „Na, war deine Nacht auch so kurz wie meine?" „Nein Andy, ich habe gut geschlafen."

Andy McFeel

über

Umwege

„Na ja, du musst dich um unsere Song Präsentation ja auch nicht kümmern. Ich habe immer noch das Gefühl, ich habe irgendetwas vergessen. Aber Scheiß drauf. Was machen wir heute, hast du einen Plan? Weil ich hätte da einen."

„Auf jeden Fall müsste ich was zu beißen haben, sonst ist der Tag für mich gelaufen."

„Dennis hat mir ein paar Scheine zugesteckt, da ich ja komplett ohne was in Miami angelandet bin.

Was hälst du davon, wenn ich dich zu meinem Stamm McDonald's zum Frühstück einlade?"

„Klingt gut."

„Anschließend würde ich gern sehen, was aus meinem ehemaligen Grundstück geworden ist, ist ja gleich um die Ecke. Und wenn du magst, könnten wir anschließend zum Radnor Lake fahren zu einem

ausgiebigen Spaziergang, so zu sagen als Kontrastprogramm, zu den langen Autofahrten der vergangenen Tage. Was meinst du?"

„Worauf warten wir noch?"

„Das ist mein alter Kumpel John", und ich greife die Autoschlüssel und wir machen uns vom Acker. Erstaunlich wie gut ich mich in Nashville immer noch zu Recht finde nach all diesen Jahren aber 15 Minuten später halte ich

Andy McFeel

über

Umwege

auf „meinem" ehemaligen Stammplatz vor „meinem" McDonald's. Am Verkaufstresen begrüßt mich ein alter Bekannter.

„Du immer noch in diesem Laden?"

„Andy, was zum Teufel machst du denn hier?"

„Frühstücken hoffentlich. 2-mal Egg-Rolls und einen Medium Coffee für mich, bitte." Dann gibt John seine Bestellung auf und wir setzen uns an einen der Tische. „Das bringt Erinnerungen zurück, Mann. Ich weiß nicht wie oft ich hier damals gefrühstückt habe und ansonsten deren W-LAN genutzt habe. Als wir den Tornado hatten, habe ich mich übrigens auch hierher geflüchtet.

Guten Appetit, John."

Frisch gestärkt und guter Dinge fahren wir den Nolensville Pike runter bis ich rechts abbiege, um nach 500 Metern vor meinem ehemaligen Grundstück zu halten. Es verspricht ein wunderbar sonniger Tag zu werden, es ist

noch ziemlich mild für die Jahreszeit und es berührt mich sonderbar, dass alles noch genauso aussieht wie ich es verlassen habe. Selbst der Camping Trailer ist noch da.

Plötzlich öffnet sich die Haustür des gegenüber liegenden Hauses und ich erkenne meinen alten Nachbarn Joel. Ich steige aus dem Van, um ihn zu begrüßen. „Hi, ehemaliger Nachbar. Wie geht's, Joel und was macht deine Gang?"

Andy McFeel

über

Umwege

„Andy, ich hätte nicht geglaubt, dich jemals wieder zu sehen, nach allem, was die mit dir angestellt haben. Wie kommst du hier her, ich denke du hast Einreiseverbot?"
„Lange Geschichte, aber sag doch mal, wer mein Grundstück gekauft hat."

Nach kurzem Zögern und Herumgedruckse rückt er damit heraus.

„Also,..äh,…ich war das, ich hoffe, es stört dich nicht, aber ich habe dir ja gesagt, dass ich den Hügel sauber halten möchte für meine Familie. Habe den Deal über einen Cousin abgewickelt, du hättest nie an mich direkt verkauft."

„Jedenfalls nicht zu dem Preis. Na, dann hast du ja ein schönes Schnäppchen gemacht."

„Ich hoffe, du bist mir nicht böse." „Nein, ich würde es auch nicht wieder haben wollen.

Zuviele Scheißerfahrungen sind mit diesem Stück Land verbunden. Aber es war trotzdem cool, es mal wieder zu sehen. Machs gut, Joel und grüße deine Familie."

„Andy, komm doch rein auf einen Kaffee."

„Lass gut sein, Joel. Bye."

„Du bist doch sauer."

„YEP! Ciao."

Andy McFeel

über

Umwege

Damit lasse ich den Motor an und wir biegen in „meine" Einfahrt und wenden.

Ich beschließe, nie wieder hierher zurück zu kommen. Irgendwann muss man die Vergangenheit begraben. Und es gibt schließlich noch genug andere hübsche Flecken in Nashville. Jetzt denke ich schon wieder darüber nach, hier sesshaft zu werden.

So ein Blödsinn.

„Andy, was denkst du? Du warst ziemlich,...hmh, direkt zu deinem Nachbarn."

„Wenn man so beschissen wird, wie mir das hier passiert ist, ist das ja wohl auch kein Wunder."

Daraufhin fahren wir schweigend zum Radnor Lake.

Die frische Luft beruhigt mich wieder und so wandern wir gemächlich neben einander her und machen uns gegenseitig auf die jeweils zu erspähenden Tiere aufmerksam. Otter, Biber, sich sonnende Schildkröten und meine geliebten Adler am Himmel.

Ein Fischadler und ein Seeadler Pärchen.

Alles wie damals und es kommt mir ein bisschen surreal vor, dass sich das alles so nach zu Hause anfühlt nach allem, was mir sonst so widerfahren ist. Wir treffen relativ wenige Leute, was mir sehr entgegen kommt. Und wieder beschleicht mich dieses Gefühl wie damals, dass alle wis-

Andy McFeel

über

Umwege

sen, wer ich bin, oder es zumindest glauben zu wissen. Irgendwann unterbricht John die Stille.

„Sag mal, Andy. Was ist 2009 eigentlich genau passiert?"

„Wenn ich das so genau wüsste. Alle Welt hat irgendein beklopptes Spiel mit mir gespielt, mich zum VIP erkoren, um mich dann in den Knast zu stecken. Ich hab's bis heute nicht begriffen und erklärt hat mir bisher niemand etwas.

Weißt du genaueres?"

„Nicht wirklich, mir hat nur mal jemand erzählt, du wärst in der Jay Leno Show gewesen, allerdings nicht persönlich."

„Stimmt, die haben mich heimlich in meinem Club abgefilmt, aber nie mich um Erlaubnis gefragt geschweige denn mich in irgendeiner Form bezahlt.

Jetzt erinnere ich mich, dass ich einmal im Internet auf die Jay Leno Seite gegangen bin und dort ein Photo von mir mit nacktem Oberkörper gefunden habe mit dem Untertitel, Monolog No 11.

Ziemlich krank, oder? Dass die mich selbst in meinem eigenen Haus in Deutschland noch heimlich gefilmt und abgehört haben, ohne mich jemals gefragt zu haben. Ziemlich krank."

Andy McFeel

über

Umwege

„Wow."

„Ja, mehr ist mir dazu auch nicht eingefallen.

Aber lassen wir das, ich habe lange genug darüber nachgegrübelt und solange mich keiner aufklärt, werde ich auch nicht wirklich dahinter kommen.

Also Scheiß drauf, und lass die ihr schwachsinniges Spiel spielen. Ich habe mittlerweile gelernt, diese Idioten zu ignorieren. Mal was anderes, hast du eine neue Songidee?"

So wandern wir weiter und diskutieren neue Ideen. Mann, was das mal wieder für einen Spaß macht. Das Leben kann so schön sein.

Wenn man am rechten Ort mit den richtigen Menschen seine Zeit verbringt.

Später brechen wir auf und ich zeige auf dem Rückweg John auf einer anderen Strecke als dem Hinweg einige schöne Häuser, wie es sie in Nashville zu Hunderten gibt, und keine davon unter einer Million Dollar, viele eher im zweistelligen Millionenbereich. Ich war schon 1986 in

Andy McFeel

über

Umwege

Beverly Hills, Los Angeles, aber ich habe noch nie soviel Geld auf einem Haufen gesehen wie in Nashville.

Und wir sprechen hier über Milliarden.

„Das ist echt schön da, Andy, danke, dass du mir die Ecke mal gezeigt hast, die kannte ich noch gar nicht. Wohin geht's jetzt?"

„Warst du schon mal im Nashville Zoo?"

„Nope."

„Da arbeitet die Frau, in die ich mich damals verguckt habe. Ich hatte sie in meinem Club kennen gelernt. Nach ein paar Treffen dort und nachdem wir uns ein bisschen kennen gelernt hatten, fingen wir irgendwann am Tresen

an, rum zu knutschen, und ich sage dir, so hat mich noch keine Frau zuvor geküsst, und das schien umgekehrt genauso zu sein, denn sie nannte mich „Dearest".

Aber der Zoo ist auch echt schön.

Kapitel XXIV

Andy McFeel

über

Umwege

Eine Viertelstunde später halten wir auf dem mir so wohl bekannten Parkplatz. Ich bin damals fast täglich hier gewesen, war Mitglied des Zoos und brauchte daher keinen Eintritt mehr zu zahlen. Ähnlich wie mit der Country Music Hall of Fame, ich wurde Mitglied für 35 USD im Jahr und hatte unbegrenzten Zutritt. Aber da das schon ein paar Jahre zurück liegt drücke ich John einen Fünfziger in die Hand und sage, geh du schon mal vor, da vorn ist der Eingang. Ich will mal sehen, ob Holly noch hier arbeitet. Sie hat damals im Child Education Center gearbeitet und das liegt dort. Geh nur, wahrscheinlich finde ich sie gar nicht und komme gleich nach."

Meine schwitzigen Hände sprachen eine andere Sprache.

„Viel Glück" sagt er nur.

Als John in Richtung Eingang davon trabt stecke ich mir erst mal eine Zigarette ins Gesicht und versuche, meine Gedanken zu sortieren.

Als ich den Stumpen im Aschenbecher ausdrücke bin ich auch nicht schlauer als vorher, aber wenigstens hat sich meine Nervosität etwas gelegt.

Ich betrete das Lehrgebäude nun zum ersten Mal und höre ich unter vielen Kinderstimmen eine Stimme, die mir sehr

Andy McFeel

über

Umwege

vertraut erscheint. Hoffentlich ist das nicht wieder einer
meiner blöden Fehler, die ich so gern begehe, aber meine
innere Stimme sagt mir, wenn du mit deiner Vergangenheit abschließen willst, dann musst du dich ihr stellen.
Und wenn nicht jetzt wann dann. Weiß ich, ob ich jemals
wieder nach Nashville kommen werde.

Also taste ich mich durch das vorherrschende Halbdunkel
und dann sehe ich sie. Auf einer Bühne vor ihrem jugend-
lichen Publikum wie sie versucht, den Kindern die Fauna
der Welt zu erklären und sie dafür zu interessieren. Ihre
schöne Stimme dringt hoch zu mir in diesem kleinen Am-
phitheater und ich bin gefangen im Zauber des Augen-
blicks. Ich weiß nicht wie lange ich so voll trottelig daste-
he, aber irgendwann ist auch diese Stunde zu Ende und
die Kinder strömen dem Ausgang zu.

Die Frau packt ihre Unterlagen zusammen während ich
mich durch die mir entgegen strömenden Kinder die Sitz-
reihen hinab Richtung Bühne kämpfe.

Sie bemerkt mich erst im letzten Moment und ihr Gesicht
spiegelt grenzenloses Unverständnis wider.

„Andy,..." dann lange nichts..."was machst du hier?"

„Irgendwie würde ich dich das auch gerne fragen, aber
das ergibt wahrscheinlich keinen Sinn. Außerdem bin ich

Andy McFeel

über

Umwege

das heute schön öfter gefragt worden. Wie geht es dir, Holly?"

„Ich bin okay, komme über die Runden...bin gerade nur etwas verwirrt in diesem Moment."

„Können wir reden, wenn du hier fertig bist?"

„Natürlich, es dauert nur noch, ich habe noch einige Sachen zu erledigen."

„Treffen wir uns in unserem alten Club oder existiert der nicht mehr?"

„Der hat einen neuen Besitzer aber doch den gibt es noch." „Also?" „Okay, ich werde gegen Acht dort sein, passt dir das?"

„Mir passt alles, wenn ich nur mit dir sprechen kann." „Oh Andy, mir tut alles so leid, was dir damals widerfahren ist." „Wir sprechen heute Abend.

Jetzt muss ich mal meinen Freund einfangen, der vor einer halben Stunde vor gegangen ist. Bis nachher, und vergiss mich nicht wieder so schnell."

„Ich hab dich nicht vergessen, Liebster."

Andy McFeel

über

Umwege

Ich wende mich ab und singe „Oh Rosie, don't cha do that to the Boys, come on so willing, make a lot of noise" ... und versuche, nicht zurück zu blicken.

So, wo treibt sich John wohl mittlerweile rum.

And here we go again. Als ich an einen der Ticket Schalter herantrete schallt es aus mehreren Mündern „Andy, was machst du hier? Ich meine, ...wo bist du so lange gewesen."

„Gilt mein Mitgliedsausweis aus dem Jahr 2009 noch, den ich zufälliger weise nicht dabei habe?"

„Du weißt doch, wo der Eingang ist, und von uns hat dich niemand gesehen." Oh wie sich das nach zu Hause anfühlt, aber bleib auf der Hut, sagt mein Innerstes, wahrscheinlich ruft gerade in diesem Moment jemand das FBI oder Homeland Security an, um mich wieder

einzukassieren. Mit diesen Gedanken und dem charmantesten Lächeln betrete ich den mir ach so vertrauten Zoo. Es wurde ein bisschen umgebaut und erweitert, ja das hatte ich im Internet gelesen. Mal sehen, wo John sich rum treibt.

Andy McFeel

über

Umwege

Natürlich, bei den Elefanten, waren ja auch meine Lieblinge. Ja, beste Freunde sind sich häufig ähnlicher als man denken könnte.

„Hey Brother, sehen die für dich genauso gelangweilt aus?"

„Yes. Wie ist es gelaufen?"

„Ich schätze besser als ich befürchtet habe. Wir treffen uns heute Abend um Acht in unserem Club.

Hast du Lust mit zu kommen?"

„Brauchst du etwa meine Unterstützung?"

„Das nun gerade nicht, aber was machst du den ganzen Abend, wenn ich mit dem Wagen weg bin?"

„Oh, da mach dir mal keine Sorgen. Aber irgendwie habe ich trotzdem das Gefühl, ich sollte auf dich aufpassen. Nicht dass du wieder nach ein paar Drinks am Steuer verhaftet wirst. Zur Not fahr ich uns dann nach Hause."

„Klingt wie eine gute Idee. Spielst du eigentlich Pool?" „Lange her." „Bei mir auch. Wollen wir erst noch nach Belle Meade fahren oder gehen wir was essen und fahren dann in den Club?"

„Was ist mit Dennis?"

Andy McFeel

über

Umwege

„Dem hinterlasse ich eine Nachricht auf seiner Mailbox."
„Wo gehen wir essen?"

„Worauf hast du Hunger?" „Ich könnte 'n Steak ver-
drücken." „Dann suchen wir uns ein Steakhouse, wir
brauchen nur den Nolensville Pike Richtung Downtown
zu fahren, da gibt es so einige."

Wenn ich mich richtig erinnerte.

Nach einem klasse Steak mit Salat und Pommes fahren
wir den Nolensville wieder zurück bis ich an einer vertrauten Kreuzung rechts abbiege und nach ein paar Metern rechts auf den Parkplatz vor dem Club anhalte. Dieser hat offensichtlich einen neuen Namen obwohl ich
mich ehrlich gesagt an den alten auch nicht mehr erinnern
kann. Egal, wir sind da.

„Lass uns ein paar Kugeln spielen, John, es ist ja erst Sieben."

„Du willst ja nur einen alten Kumpel abzocken." „John,
erstens spiele ich nicht besonders gut und zweitens spiele
ich im Gegensatz zu Amerikanern nie um Geld."

Als wir die Bar betreten fällt mir auf, dass auf der Bühne
rechts vom Eingang eine Band ihre Instrumente aufbaut.

Andy McFeel

über

Umwege

Cool, dies verspricht, ein schöner Abend zu werden, so wie damals... .

„Hi, ich hätte gern ein großes Bier vom Fass, und du, John?" „Eine Cola für mich bitte." Er war immer noch derselbe, kein Rauchen, keinen Alkohol. Ich frage mich mal wieder, wie der es eigentlich mit mir aushält.

„Soll ich einen Zettel machen?"

„Bitte, es könnte etwas später werden heute Abend." John bedenkt mich mit einem vielsagenden Blick.

„Ach übrigens wir würden gern Pool spielen."

Ich habe nicht gedacht, dass ich so schlecht spielen würde, aber nach 3 Partien Halbe/Ganze schlage ich vor, nach Punkten zu spielen. Das liegt mir mehr. Nach zwei weiteren Partien, von denen ich doch tatsächlich eine habe gewinnen können, frage ich John, „Na, wer zockt hier wen ab?"

„Reines Glück", grummelt er und setzt zu dem nächsten tödlichen Schuss an. Ich ergebe mich in mein Schicksal, tue so als würde ich wenigstens noch um meine Ehre kämpfen, aber meine Gedanken sind nur bei der Frau, die hier hoffentlich bald reinschneit. Irgendwann gebe ich

Andy McFeel

über

Umwege

mich geschlagen und spendiere John eine weitere Cola als
der Soundcheck der Band sich ihrem Ende zuneigt und
sie immer noch mit Rückkopplungen zu kämpfen haben.
Wie damals schlendere ich lässig zur Bühne und sage zu
der Sängerin. „Ich kenne den Club schon lange und dessen akustische Tücken, dürfte ich euch mal kurz am
Mischpult helfen? Keine Sorge, ich bin Songschreiber
und Produzent."

Es folgte ein zögerndes „Okay...?"

Also mache ich, was ich schon so oft gemacht hatte, ziehe
den Bass der Gesangskanäle ein bisschen raus, gebe vol-
les Volumen und siehe da, die Stimme ist da und das Fie-
pen ist weg.

So einfach kann das Leben sein.

Manchmal zumindest.

In diesem Augenblick betritt Holly den Raum.

„Oh Andy, wieso kommt mir das so bekannt vor."

Wirft sich in meine Arme und heult munter drauf los. Na
das kann ja was werden, denke ich so bei mir während ich
sie dezent zum Tresen schiebe. Bei solchen Gemütsaus-
brüchen hilft nur eine adäquate Menge Alkohol.

„Buddy, a Bourbon on the Rocks for this Lady." „Sofort."

Andy McFeel

über

Umwege

„Andy, es tut mir Leid, dass ich so aufgewühlt bin, aber mir geht soviel durch den Kopf, und es ist mir peinlich, hier in der Öffentlichkeit so neben mir zu stehen. Können wir vielleicht woanders hin gehen, zu mir zum Beispiel?"

„Nein, weil ich John mit habe, aber wir können zu mir fahren, das heißt zu meinem Musikverleger Kumpel, bei dem ich derzeit zu Gast bin. Musst du morgen arbeiten?"

„Nein, ich hab morgen frei."

„Das passt, dann trink bitte deinen Bourbon, dein Auto bleibt hier und ich fahre uns nach „Hause".

Ist das okay, John?"

„Keine Einwände."

Während der Fahrt erreiche ich Dennis, er ist glücklicherweise schon zu Hause und er ist mit der Situation sofort einverstanden.

„Andy, ich bin wirklich der Allerletzte, der einer glücklichen Liebe im Wege stehen würde."

„Dennis, du bist der Beste. Wir sind in einer halben Stunde da."

Ich warte die ganze Fahrt über auf einen verrückten Sheriff, der mich wieder an die Seite winkt, wie damals, und

Andy McFeel

über

Umwege

meint ich hätte zu viel getrunken, um seine nächtliche
Verhaftungsquote zu erreichen, aber diesmal bleibt alles
ruhig und ich stoppe den Van sicher in der Garage.

„Andy, wenn es okay ist, gehe ich auf mein Zimmer und
arbeite an einigen Textideen. Ich denke, ihr habt auch
ohne mich eine Menge, zu besprechen."

„Da könntest du recht haben, John. Ich danke dir."

Ich gehe mit Holly in die Küche und suche eine Flasche
Wein. Damn, daran habe ich natürlich nicht gedacht. Also
tapse ich vorsichtig zu Dennis' Arbeitszimmer und klopfe
an. „Herein".

„Oh Dennis, ich bin so ein Idiot und habe vergessen auf
dem Rückweg Wein mit zu bringen. Kannst du mir aus-
helfen? Wenn nicht fahr ich noch mal los."

„Also wenn du sonst keine Sorgen hast, Andy, dann bin
ich ja mal beruhigt. Geh mal in den Keller, vor dem Studio ist rechts eine Tür zu meinem Weinkeller.

Wenn du da nichts finden solltest, dann müsstest du allerdings noch mal los."

„Man, ich weiß nicht, was ich sagen soll."

„Dann lass es doch und kümmere dich um dein Mädchen.
Das ist viel wichtiger im Moment wie mir scheint."

Andy McFeel

über

Umwege

„Du bist der Beste" ist wiederum das Einzige, was meinem Gehirn entspringt und ich versuche, mich zusammen zu reißen und den Weinkeller zu finden. Nun finde mal heraus, welche Flaschen du trinken darfst und welche für besondere Anlässe sind. Nach einer Minute greife ich 2 Flaschen und es ist mir Scheiß egal, ob ich jemals dafür gekreuzigt werden würde. Hauptsache ich komme jetzt zurück zu meiner Frau. „Meiner" Frau?

Ich finde sie apathisch aus dem Fenster schauend in der Küche. Ja, es ist schon stockdunkel draußen.

„Okay Hun, ich habe uns 2 Flaschen Wein organisiert, wollen wir uns jetzt ein gemütliches Plätzchen suchen, an dem wir ungestört reden können?" „Gibt's hier einen Kamin?"

„Im Wohnzimmer dort hinten."

„Dann geh ich erst noch kurz eine rauchen, okay?" Sie nickt und ich mache mich schlechten Gewissens von dannen, aber nicht bevor ich eine Flasche geöffnet und uns beiden ein Glas kredenzt habe.

Andy McFeel

über

Umwege

„Ich seh dich gleich. Du weißt schon. I'm a Joker, I'm a Smoker, I'm a Midnight Talker....and my Music's on the Run..."

Und schon wieder sieht sie mich liebevoll an und die Tränen fließen. Ich widerstehe der Versuchung, sie sofort tröstend in den Arm zu nehmen und strebe der Veranda zu während ich mir ein Alibi zu recht lege, dass da heißt. Die Dame muss erst einmal zu sich kommen. Und jenseits aller Alibi Technik liege ich damit ja vielleicht gar nicht so falsch.

Jedenfalls möchte ich jetzt eine rauchen. Punkt.

Als ich von der Veranda wieder rein komme, brennt im Kamin bereits ein Feuer und Holly sitzt auf der Couch davor und starrt in die Flammen. Natürlich wieder so ein typisches amerikanisches auf Knopfdruck Gasfeuer.

Ich habe für unser Haus in Deutschland mit einem richtigen Kamin noch fleißig Bäume umgelegt und Holz gehackt. Aber auch das gehört der Vergangenheit an. Ich setze mich neben Holly und meine Schulter berührt ihre.

„Andy, kannst du dir vorstellen, wie es mir geht?"

„Und umgekehrt?"

Andy McFeel

über

Umwege

„Du hast recht, ich sollte mal aufhören mit diesem dämlichen Selbstmitleid. Ich gebe mir nur die Schuld daran, dass du damals im Knast gelandet bist und abgeschoben wurdest."

„Warum wolltest du mich denn am Tag nach unserer Knutscherei nicht sehen?"

„Ich weiß es nicht. Ich hatte einen fürchterlichen Kater und den Gedanken, dass es mit uns sowieso nie klappen könnte."

„Eine gesunde Einstellung, wenn man selber nicht wieder verletzt werden möchte. Aber warum hast du dann mit mir geknutscht als gäbe es kein Morgen?"

„Ich habe mich unglaublich zu dir hingezogen gefühlt, but you were too good to be true. Ich konnte es einfach nicht glauben, dass ein Mann so nett und freundlich und caring sein konnte, ohne seine eigenen Interessen zu verfolgen.

Das macht dieses Land aus dir. Jeder will nur noch mehr und noch mehr, jeder redet von Liebe, aber keiner weiß mehr, was Liebe wirklich bedeutet. Unbewusst habe ich darauf gewartet, dass du zurückkehrst. Auch wenn ich es mir nicht eingestehen wollte. Ach Scheiße..."

Andy McFeel

über

Umwege

„Hun, „ach Scheiße" sagt manchmal mehr als 1000 Worte. Geben wir es doch einfach zu. Wir waren beide mit der Situation überfordert. Wir haben uns ineinander verliebt, und das geht gerade schon wieder los und wir wissen überhaupt nicht, was gerade läuft über mich. Werde ich immer noch überwacht, ist das alles Teil eines Plans, ..."

„Andy hör auf,... bitte,...ich will das alles nicht hören. Mein Traum ist, mit dir ein schönes harmonisches Familienleben zu haben und mit niemandem sonst.

„Das ist auch mein Traum."

Schweigen und leises Schluchzen ist alles was wir hören. Nicht mal prasseln tun diese künstlichen Flammen, amerikanischer Mist.

„Und was tun wir wenn ich dasselbe empfinde, was ich übrigens schon 2009 empfunden habe. Es war für mich so etwas wie Liebe auf den ersten Blick.

So etwas hatte ich nur einmal bei meiner Jugendliebe erlebt. Was machen wir nun? Ich darf eigentlich gar nicht hier sein, Amerika hasst mich, Deutschland auch, die ganze Welt hasst mich, also werde ich wohl kaum meine Songs verkaufen können. Was machen wir jetzt?"

Andy McFeel

über

Umwege

„Wie wär's mit Liebe machen, als gäbe es kein Morgen.
Und glaube mir, die Welt liebt dich, aber es gibt immer
einige bescheuerte. ..."

„Liebe machen? Klingt gut für mich, hätten wir damals
schon machen sollen. Lass uns die Welt mal für eine
Nacht vergessen" und ich nehme diese Feder in meine
Arme und trage sie die Treppe hoch in mein Zimmer, und
lege sie auf mein Bett.

Hollywood Schnulze, ick hör dir trapsen, aber das ist jetzt
auch völlig egal.

„Du weißt ich bin bescheuert und ich liebe dich. Aber
auch ich bin durcheinander und gehe jetzt erst noch einmal auf die Veranda, während du dich fragen solltest, ob
du das wirklich willst.

Ich bin kein Mann für eine Nacht."

Und sie muss herzhaft lachen während ich die Tür hinter
mir schließe.

Irgendwann kehre ich zurück und meine Angebete
schnarcht vor sich hin.

Aber so kommt sie mir nicht davon. Ich küsse sie zärtlich
im Gesicht, am Hals und überall bis sie sanft erwacht und

wir uns endlich nach all diesen Jahren das geben, was wir damals schon wollten.

Mit einem Halleluja auf den Lippen sinke ich irgendwann in einen sehr tiefen Schlaf.

Kapitel XXV

Am nächsten Morgen treffen wir uns alle gegen Sieben in der Küche. Keine Ahnung, es hat nie eine entsprechende Absprache gegeben, aber irgendwie ticken Songschreiber wohl nach ihrer inneren Uhr.

„Hat der Kühlschrank mittlerweile Junge gekriegt", frage ich, mir die Augen reibend.

„Andy, es tut mir echt leid, dass ich euch nicht adäquat versorgen konnte, aber ich bin immer nur unterwegs. Wann immer ich eingekauft habe, ist mir alles schlecht geworden. I'm sorry."

„Das fehlt noch, dass sich mein Lebensretter dafür entschuldigt, dass er mein Leben gerettet hat.

Ich kenne einen netten Frühstücksort und ich fahr euch auch da hin, ich weiß, wo er ist, aber ich habe seinen Namen vergessen. Ah it comes back, Waffle House, der netteste Ort in Nashville, wirklich. Wo sind die Schlüssel, ich fahre."

Na ob das so schlau ist. Scheiß egal, ich weiß, wo man unter netten Menschen ein gutes Frühstück kriegt. Mir nach, ich folge euch. Also erst mal Nolensville Pike finden, gut, und jetzt Richtung Süden, dann an Home Depot vorbei, links und gleich wieder rechts.

Das ist mein Frühstücksladen.

Keine Sau kannte mich hier und trotzdem konnte ich zwischendurch ein Pfeifchen rauchen gehen bei meinem Van und niemand hätte vermutet, ich würde mich davon schleichen, ohne zu bezahlen. Ich schätze diese Orte, an denen man noch weiß, was Ehre bedeutet. Bestimmte Sachen machst du einfach nicht, schon gar nicht, diese super netten wenig verdienenden Kellnerinnen um ihren Verdienst zu bringen.

So etwas macht man einfach nicht.

Und für diese Einstellung mochten sie mich.

Und ich liebe sie.

Wir kommen rein, „Andy wo warst du die ganze Zeit?" Endlich mal was neues.

Andy McFeel

über

Umwege

„Möchtest du wie immer Bacon 'n Eggs on Toast and Orange Juice and Tons of Coffee. And a newspaper for sure?"

„Das wisst ihr noch alles, das war 2009."

„Wie kann man so 'ne Type wie dich vergessen."

„Ich nehme das mal als Kompliment."

„Kannst du auch, Süßer." Wird ja immer besser, ob Holly das auch so witzig findet.

Wir finden einen freien Tisch und lassen uns nieder.

Als am Nachbartisch jemand aufsteht und seine Zeitung liegen lässt ist das schon wieder ein Deja Vu.

Also frage ich ihn wie damals, ob ich die lesen dürfte, wenn er fertig sei. „Sure Man, ich würde sie sonst wegschmeißen." Auch eine Art von Recycling, denke ich. Oder eher, was man heute als Shared Economy bezeichnet.

Eine Serviererin stellt einen Teller mit 2 Toast mit Rührei, Schinken sowie Orangensaft und Kaffee vor mir auf den Tisch.

Andy McFeel

über

Umwege

Ich sehe auf das Namensschild, „Sandy, wie könnt ihr mich vor meinen Gästen bedienen?"

„Weil sie etwas Besonderes sind, Sir. Was wünschen die übrigen Herrschaften?"

Und so geht es weiter, aber alle am Tisch scheinen ihren Spaß damit zu haben, dass ich hier so verwöhnt werde. Schon komisch, aber es gibt sicherlich Schlimmeres.

„Ich gehe jetzt mal kurz eine rauchen", „Andy, wo ist dein Van, wo sind deine Pfeifen?"

Das ist der Punkt, an dem Dorfleben anstrengend wird, aber bis auf ein paar verständnislose Blicke, ist, glaube ich, nichts passiert.

Während ich draußen stehe sehe ich meine Waitress mit meinen Leuten tuscheln.

Gefällt mir gar nicht, aber ich rauche zu Ende und lasse mir nichts anmerken als ich wieder betont lässig zu unserem Tisch zurück schlendere.

„Und, möchte jemand noch Kaffee?"

Da schaltet sich Dennis ein, während Holly und John geflissentlich schweigen. „Andy, ich möchte gern mit dir arbeiten, aber ich muss sicher sein, dass du okay bist."

Andy McFeel

über

Umwege

Ich sehe Holly an und frage, „bin ich okay?"

Und nach einigem Zögern meint sie,

„Ich liebe dich, und ich weiß, du liebst mich, aber was bedeutet das schon in dieser Welt? Sie können dich jederzeit rauskicken, sie können mir meinen Job nehmen, weil ich in Kontakt zu dir stehe, verdammte Scheiße ich weiß gar nichts mehr."

Und schon kullern wieder die Tränen."

„Andy, was machst du nun mit deiner Kunst, um eure Liebe zu retten?"

„Wow, man gut, dass das nicht so polemisch klingt, aber danke für dein Verständnis. Vielleicht könnten wir uns ja später mal meine Musik anhören, um heraus zu finden, ob man damit Geld verdienen

kann, oder nicht."

„Du gibst nicht auf, oder?"

„Hab ich deine Yacht aufgegeben?"

„Mann, ich verstehe dich nicht, Andy."

„Ich auch nicht" sagt John.

Andy McFeel

über

Umwege

„Cool, da sind wir ja schon mal vier, die mich nicht ver-stehen. Sonst noch was ?"

„Andy, nimms doch nicht so schwer, „

„Andy, wir wollen doch beide Erfolg haben".

„Und deswegen muss ich mir meinen Mund verbieten las-sen. Wie krank ist Amerika denn, wenn man nicht mal mehr seine eigene Meinung sagen kann?"

Und ich denke, über was für 'n Kram reden die da eigent-lich. Ich meine, wir sind gerade beim Frühstück, wie soll das beim Abendbrot werden.

„Andy ich habe mit ein paar Leuten gesprochen, und für die bist du das reine Gift. Du bist ein begnadeter Song-writer, Singer and Producer but you talk too much. Kriegst du das in den Griff oder nicht?"

„Die andere Frage ist, finde ich einen Verleger, der damit leben kann oder nicht, dass ich so bin wie ich bin."

„Andy". Sighed Dennis.

„Dennis, du hast doch schon all dein Geld gemacht, was hindert dich jetzt daran, ein bisschen Indie zuzulassen?"

Andy McFeel

über

Umwege

„Oh Mann, ich war so froh als du mir mein Boot zurück-
brachtest, aber mittlerweile glaube ich, dass ich das be-
reuen werde."

„Wie viele Millionen möchtest du mit meiner Musik verdienen? Sags mir, Dennis, und ich spiele dir meine Songs
vor. Du sagst mir, die suchen gerade uptempo New Country, und ich spiele dir genau die passenden Songs vor, oh
hier sucht jemand Latin, oops, ich habe auch 2 solche
Songs..."

„Andy, stop it. Du wärst nicht so selbstsicher, wenn du
nicht genau wüsstest, was du tust. Wenn wir jetzt alle satt
sind, könnten wir dann vielleicht endlich nach Hause fahren und versuchen heraus zu finden, was hinter diesen
großmäuligen Ankündigungen steckt!?"

Damit erhebt sich Dennis und ich folge ihm grinsend. Ich
hatte den Glauben an meine Musik offensichtlich noch
nicht gänzlich verloren.

Vielleicht waren es auch der Ort und die Menschen, die
mir die alte Zuversicht zurückgaben.

Als wir uns schließlich um Dennis' Computer versammelt
haben passiert das unausweichliche.

Verizon's Internet ist heute leider unavailable.

Andy McFeel

über

Umwege

Wie hätte es auch anders sein sollen bei meinem Glück.

„Okay, Dennis, ich hätte auch lieber meine CDs dabei, habe ich aber nun mal nicht. Warum macht ihr es euch nicht im Wohnzimmer gemütlich und ich hole die Gitarre aus dem Keller?"

Als wir uns um das Kaminfeuer versammelt haben erkläre ich den ersten Song. „Okay, alle bereit?

Diesen Song hatte ich ursprünglich für Keith Urban geschrieben, aber er hat ihn nie ...„ und da klingelt Dennis' Handy. „Oh really, I'll be right there. Tut mir Leid Jungs, aber ich muss ins Büro, wir haben eine Anfrage für einen Song von Keith Urban."

„Das ist der Kerl für den ich eben diesen Song geschrieben habe, aber geh nur. Irgendwann wirst du schon mal Zeit haben." Schon ist Dennis aus der Tür und wir sitzen da wie bedröppelt.

Nach einigem Schweigen komme ich zu dem, was mich beschäftigt.

„Ich weiß gar nicht, was Dennis hat, Willie Nelson äußert sich auch politisch."

Großes Stöhnen von beiden Seiten.

Andy McFeel

über

Umwege

„Andy, der ist schon berühmt. Der kann es sich leisten. Du willst da erst noch hin, also musst du erst mal die Klappe halten."

„Meint ihr nicht, dass es dafür ein bisschen zu spät ist? Die einzige Chance, die ich noch sehe, ist, dass ich beweise, dass ich authentisch bin und zu meinen Überzeugungen stehe und abgesehen davon die besten Songs schreibe, die ich schreiben kann.

Eine andere Chance sehe ich nicht."

Schweigen im Walde.

„Also ihr wollt, dass ich mich auf die Musik konzentriere, warum tun wir das dann nicht einfach.

Ich rufe einen Freund an, sie soll in meine Wohnung fahren und mir meinen MP3 Ordner schicken.

Weiß jemand Dennis' Email Adresse?"

„Sie?" kommt gleich von Holly.

„Eine meiner Ex-Freundinnen und immer noch bester Freund. Was suchst du, John?"

„Hier, Dennis' Visitenkarte."

„Okay, ich telefoniere kurz und ihr fangt an, an einem Welthit zu arbeiten, okay?"

Andy McFeel

über

Umwege

„Okay" kommt es von beiden.

Als ich nach dem Telefon suche höre ich ein Gemurmel zwischen den beiden.

„Aber ein bisschen verrückt ist er schon, oder John?"

„He sure is,...aber dafür lieben wir ihn doch auch, oder?"

Nach 2 Stunden geben wir es auf. Ich breche die Session ab, „wenn wir uns so unter Druck setzen wird das sowieso nichts. Let's get outta here."

„Wohin denn?" fragt John. Ich überlege kurz,

„es ist 5, die In–a –Round Session beginnt um 6. Warum fahren wir nicht ins Bluebird?"

„Cool, da war ich schon lange nicht mehr" begeistert sich Holly während John grummelt

„Ich war da noch nie".

„Ja John, aber umso cooler ist es doch, dass du heute deine Premiere feierst. Und man muss rechtzeitig da sein, sonst kriegt man keinen Platz mehr."

„Und wer zahlt das?"

„Gut, dass du mich daran erinnerst, ich werde Dennis auf seiner Mailbox eine Nachricht hinterlassen. Gesagt, getan und schon sind wir unterwegs Richtung Green Hills.

Andy McFeel

über

Umwege

Kapitel XXVI

Wir kommen rein in diese kleine Kaschemme, die sich unter Songwritern solchen Weltruhm erarbeitet hat und bekommen tatsächlich den letzten freien Tisch direkt neben der Bühne. Wir setzen uns und bestellen fleißig Essen und Getränke, weil man erstens diese Institution unterstützen muss, auch als Nachwuchsförderung, und zweitens ist es nicht unser Geld. Dank Dennis. Der hat sich das alles wahrscheinlich auch etwas anders vorgestellt, aber da kannte er mich halt noch nicht. Ich lausche den ersten drei Nachwuchssängern und -rinnen aufmerksam, kann aber nichts entdecken, was mich faszinieren würde. Ach was, um Acht kommt ein Überraschungsgast, irgendwie interessant, weil er einer meiner Lieblingssongwriter war, und weil wir uns theoretisch über Facebook kannten. Aber jeder weiß ja, dass Facebook nur ein Fake ist, und man dort eh nur verarscht wird.

Plötzlich tippt mir jemand auf die Schulter und ich bin einigermaßen überrascht, Dennis zu uns stoßen zu sehen.

Hmh, wir müssen nur noch einen Stuhl organisieren, was in diesem Kabuff von einem Laden wirklich nicht einfach ist. Aber es sollte uns gelingen.

„Andy, was macht ihr hier?"

„Zufällig meinem Kumpel Gary Burr zuhören."

Andy McFeel

über

Umwege

„Wusstest du nicht, dass ich ein Appointment mit ihm habe heute Abend?"

„Doch natürlich, sowie ich über deine anderen geschäftlichen Aktivitäten ja auch minutiös informiert bin.
....Krieg dich mal ein, Alter, wir kamen mit unserer Session nicht weiter und da habe ich vorgeschlagen, hierher zu fahren. Sollten wir deine geschäftlichen Interessen durchkreuzen, werden wir natürlich unverzüglich nach Hause fahren." Klang frostig,... und war auch so gemeint.

Was will der mir denn eigentlich? Kann ich nicht mehr gehen, wohin ich will, was wird das denn.

Da erkennt Gary mich. „Andy McFeel, das glaube ich jetzt nicht, ich denke, die haben dir Einreiseverbot und alles erteilt, wie zum Teufel kommst du hierher?"

Oh Mann, wie oft ich diese Frage schön gehört hatte.

„Gary, eigentlich bin ich gar nicht hier, alles nur Tarnung und reiner Zufall, spiele einfach deine Songs und alles ist gut."

„Wow, wirst du immer noch verfolgt?"

„Du hast keine Vorstellung, also hilf mir und mach deine Show, okay?"

„Okay." Und er spielt und singt einige seiner Hits und das echt gut. Keine Beanstandungen, und ich fühle mich schon sicherer. Aber natürlich sollte es anders kommen.

Andy McFeel

über

Umwege

Gary wird um eine Zugabe gebeten vom Publikum und er zeigt auf ….MICH!

„When anyone plays an Encore, then it's Andy. Andy, komm nimm meine Gitarre und rock the Place." Mann, musste das jetzt sein, sollte ich denen erzählen, dass ich seit 3 Jahren keine Gitarre mehr in den Händen gehalten hatte. Ich kenne die Amis, das würden sie mir sowieso nicht glauben.

Du kommst aus der Nummer nicht raus, also go for it. Du hast eh keine andere Chance.

Ich gehe also die 2 Schritte, nehme die Gitarre von Gary, und sage, „ich weiß nicht, mit wem du mich verwechselst, Gary, aber ich versuche, ihm gerecht zu werden." Leise raune ich, „du bist aber auch ein dummer Hund."

Und sein herrlich freches Lächeln sagt mir, dass er mir die Bemerkung nicht übel nimmt.

Du musst da jetzt durch, ob du willst oder nicht.

Ist ja nur das Bluebird und nicht die Carnegie Hall.

Ich fange gerade an meinen Song zu klimpern, da fällt mir etwas auf.

„Moment, ich habe doch hier Mädels um mich, die nicht nur bildhübsch sind, sondern auch noch wundervoll singen können. Vielleicht könnt ihr mir ja mir dem Chorus helfen."

Andy McFeel

über

Umwege

Also spiele ich den an, „Wait for a Miracle (wait for a miracle), what else can I do, I wait (Wait for a miracle) a single call from you."

Und wie das in Nashville so ist, es sind alles Profis, und daher haben sie das alle in einer Millisekunde begriffen, was mir vorschwebt, und ich kann beginnen.

„Driving down this lonely Road

God I'm on my own.....

und beim Chorus fliegen alle weg,

Der Chor, „Wait for a Miracle" bläst alle trüben Gedanken davon und entsprechend ist auch der Applaus.
„Thank you Girls, that was fantastic."

Wenn man mich schon auf eine Bühne bittet, dann singe ich auch mehr als einen Song. Das ist auch noch mehr Country vom Stil her und ich singe das Ding alleine.

„I remember a Sunday morning at home

done with my Breakfast and grabbed for the Tennessean ..." and so on.

Ich beende den Song irgendwann und das ganze Publikum will mir die Schultern zertrümmern und mir Glück wünschen und es fühlt sich alles in allem echt gut an. Gary kommt noch kurz an unseren Tisch, „Andy wenn du's jetzt nicht schaffst, dann kann ich dir auch nicht mehr helfen".

Andy McFeel

über

Umwege

„Oh, danke Gary, zu nett von dir." Und ich weiß überhaupt nicht, was ich davon zu halten habe bis Dennis
mich an den Tisch zurück ruft.

„Andy, solltest du noch einen Verleger suchen, hier sitzt
er. Aber er hat eine Bedingung. Du machst dich unabhän-
gig von anderen Künstlern und singst deine Songs selbst.
Dann bin ich dabei, sonst nicht."

Darauf fiel mir nur ein, „möchte jemand noch ein Bier?"
Danach ist großes Schweigen angesagt.

Offensichtlich müssen wir diese neue Entwicklung erst
einmal verdauen.

Irgendwann fahren wir zu Dennis.

Wir verteilen uns auf Küche und Wohnzimmer und ich
ziehe mich auf die Veranda zurück. Hier habe ich meine
Ruhe und hier kann ich rauchen ohne jemanden zu beläs-
tigen. Ich weiß überhaupt nicht, wo ich bin, nachdem man
mich vor 6 Jahren zur „Unwanted" Person erklärt hat, soll
ich jetzt den Superstar spielen, als ob nichts gewesen
wäre und als ob die da draußen alles vergessen hätten.

Das ist doch lächerlich.

John kommt raus zu mir.

„Na was jetzt"? Frage ich ihn.

Andy McFeel

über

Umwege

„Wir habe gerade deine Situation diskutiert und sie wird keineswegs dadurch besser, dass du dich diesem Angebot entziehst. Dir ist übel mitgespielt worden, deine Privatsphäre und alles ist den Bach runter gegangen aber wie willst du dich jemals rächen an diesen Arschlöchern, wenn nicht so?

Jetzt mach doch mal den Superstar, den sie alle in dir gesehen haben, gib ihnen das, was sie wollen.

Sonst verlierst du doch wieder, mit Anwälten kommst du eh nicht gegen die an, nur mit deiner Kunst. Sing sie an die Wand, und die Welt gehört dir."

„John, du willst doch nur dein Geld mit deinen Texten verdienen, und ich bin das Vehikel dafür.

ICH gebe wiederum mein Privatleben auf, ICH muss um die Welt reisen, obwohl ich viel lieber bei meinen Freunden wäre. Du hast doch mit dem, was von jetzt kommt überhaupt nichts mehr zu tun. Pressetermine, Konzerte, Welttourneen und so weiter. Du weißt doch überhaupt nicht, wovon du sprichst, du hast diesen ganzen Scheiß doch nie machen müssen. Ach ich hol mir noch 'n Drink.

Denk mal drüber nach, was ich gesagt habe."

Und ich stampfe Richtung Kühlschrank.

Andy McFeel

über

Umwege

Mittlerweile sehe ich Dennis auf die Veranda heraus treten und wittere eine Verschwörung gegen mich.

Also nehme ich meinen Drink und will meinen Freunden entgegen treten und schaffe es gerade mal bis zum Sofa vor dem Kamin und möchte für mich sein. Lasst mich einfach in Ruhe, ich habe so die Schnauze voll von diesem ganzen Presse Scheiß, insbesondere der, der da auf mich zukommt.

Irgendwann setzt sich Holly neben mich.

„Andy, ich habe gerade mit John gesprochen. Ich kann mir vorstellen, das das alles ein bisschen viel für dich ist im Moment, aber weißt du, wie viele Leute für eine solche Chance alles geben würden? Und mal ehrlich, hast du nicht dein ganzes Leben auf eine solche Chance gewartet? Du hast deine Musik doch nicht geschrieben, damit sie auf deinen CDs im Keller verschimmelt?"

Damit trifft sie einen wunden Punkt bei mir.

Ich hatte einen alten Freund gebeten, wenn mir etwas zustoßen sollte, meine Musik auf jeden Fall zu veröffentlichen, auch wenn ich keinen Cent damit verdienen sollte.

Dennis kommt dazu. „Andy, ich weiß, dass du weißt, was auf dich die nächsten 2 oder 3 Jahre zukommt, wenn du denn Erfolg hast. Aber danach hast du ausgesorgt. Wir lassen dich nicht allein, Holly wird dich begleiten in deinem Background Chor und als Duett Partnerin und John

Andy McFeel

über

Umwege

kann dich jederzeit sehen, und ihr arbeitet an den Songs.
Und ich bin nicht nur dein Verleger und künftiger Mana-
ger, sondern auch als dein Freund an deiner Seite. Was
sagst du?"

„Aber du hast doch eigentlich gar keine Zeit? Du hetzt
doch so schon von einem Termin zum anderen."

„Dann werde ich wohl meine Prioritäten anders setzen
müssen.

Andy, das ist auch für mich ein neues Abenteuer. Mein
Verlag läuft von allein, ich stelle vielleicht noch ein oder
zwei Leute ein für die administrativen Sachen. Aber jetzt
in unserem Alter uns doch noch den Traum zu erfüllen,
eine Band zusammen zu bauen, und um die Häuser zu
ziehen und die Welt zu erobern, wovon wir doch alle als
Jungbengels geträumt haben? Das ist doch großartig."

So langsam komme ich wohl zur Besinnung.

„Irgendwie hast du ja Recht. Ich hab halt nur auf die ganzen negativen Sachen geblickt, aber die habe ich ja nun
eh schon durch gemacht. Also warum jetzt nicht an der
Sahne schlecken.

Also gut Mädels, ab morgen beginnt die Arbeit.

Du Dennis setzt einen Vertrag auf, der mir endlich diese
Scheiß Greencard bringt. Einen Verlagsvertrag und einen
Management Vertrag. Du Holly telefonierst einige
Musiker ab, die du kennst, ich will die besten ihrer Zunft,

Andy McFeel

über

Umwege

keine Amateure. Ich brauche Gitarre, Bass, Schlagzeug, Keyboards und mindestens 2 Background Sängerinnen und einen Backgroundsänger. Vielleicht ist der ja so gut, dass er hier und da die erste Stimme mal übernehmen kann. Ach, und der Schlagzeuger sollte auch Congas dabei haben und diese auch bedienen können. Die brauche ich für einige Songs. Ach stimmt, 'ne Pedal Steel hätte ich gern dabei. Das wird für mich eine Premiere, damit habe ich noch nie gearbeitet, aber ich habe die lieben gelernt, die Dinger. Und John, ich lasse mir morgen die Texte der Songs rüber mailen der Titel, die ich heute Nacht noch auswählen werde für unser Programm.

Ich möchte, dass du sie in Absprache mit mir überarbeitest, die kann man mit Sicherheit noch deutlich verbessern."

„Endlich sehe ich den Andy wieder, den ich kannte."

„Danke John. Und ich brauche deine Hilfe wirklich dringend, ich weiß, wie pingelig Nashville mit Texten ist und ich bin ja nun mal kein Native Speaker. Dennis, können wir hier in deinem Studio proben, wenn wir die Band zusammen haben?"

„Kein Problem."

„Dann würde ich mich gern zurückziehen mit einem Blatt Papier und mir Gedanken machen, welche Songs in Frage kommen. Das sind nämlich ganz schön viele. Aber ich werde mich wohl sehr an dem Programm orientieren, mit

dem ich auch in Deutschland viele Gigs gespielt habe.
Das sind halt Songs, die auch zu meiner Stimme passen.
Wir müssen dann entscheiden, welche Country Songs da
reinpassen, und ob meine Stimme die auch trägt. Aber
wie sage ich immer, lieber zu viele als zu wenige Songs,
rausschmeißen können wir immer noch. Okay, wenn
nichts weiter ist, dann gehe ich jetzt auf die Veranda. Hast
du einen Block und einen Stift für mich, Dennis?"

„Klar. Sag mal, John, gibt der immer so Gas?"

„Dennis, das ist erst der Anfang, wenn Andy erstmal in
Fahrt ist, dann gibt's kein Halten mehr.

Vergiss nicht, he made me do the Dishes."

„Hahaha" allgemeines Gelächter.

„Dennis, der Block?"

„Okay, okay, hätte ich das geahnt... ."

Zehn Minuten später stehe ich wieder im Wohnzimmer
vor dem Kaminfeuer.

„So geht das nicht."

„Was ist denn jetzt schon wieder?" fragt Dennis leicht an-
genervt.

„Ich muss noch mal nach Deutschland. Meine ganzen
CDs , Texte und Noten sind da. Es wäre Quatsch, das
nicht zu nutzen. Sobald wir die richtigen Musiker zusammen haben kriegt jeder eine CD mit dem Programm.

Andy McFeel

über

Umwege

Dann gibt's ein paar abschließende Proben und ab geht's auf die Bühne. Das spart uns immens viel Zeit. Überdies kann John die Papier Texte überarbeiten, was viel angenehmer ist als das am Rechner zu machen.

Außerdem sieht es so aus als wäre es an der Zeit, dort meine Wohnung auf zu lösen und meine paar Sachen, die ich noch habe, mit hierher zu bringen. Ich brauche zwei Tage, dann habe ich alles beisammen. Was meinst du, Dennis?"

„Klingt logisch. Dann müsste ich mit dir fliegen, damit ich bei der Einreise wieder für dich bürgen kann, sonst kommst du ja nicht wieder rein."

„Oder John fliegt mit mir und du holst uns am Flughafen ab. Schön wäre eine Privatmaschine, dann hätte ich kein Gepäckproblem."

„Andy, du wirst langsam ganz schön teuer."

„Ach, bevor ich's vergesse, ich brauche noch ein bisschen Bargeld und eine Firmenkreditkarte, dein Kühlschrank ist nämlich immer noch leer. Dennis, du wolltest einen Superstar, jetzt verpflege ihn auch.

Ich bin müde, Holly, kommst du mit ins Bett?"

„Ja, Schatz."

„Dann schlaft schön, meine wackeren Mitstreiter, es liegen spannende Wochen vor uns."

Andy McFeel

über

Umwege

Dennis zu John, „war der schon immer so?"

„Du solltest ihn mal sehen, wenn er in Form kommt."

Nach einem „Halleluja" und einem anschließenden kurzen aber tiefen Schlaf finde ich am nächsten Morgen Hundert Dollar und eine Kreditkarte auf dem Frühstückstisch als nach Holly auch John die Treppe runter geschlichen kommt.

„Guten Morgen, Freunde. Lasst uns frühstücken fahren."

Und so finden wir uns wieder bei meinem Stamm - McDonld's ein.

Wieder hat mein gewohnter Service Man Dienst. „Andy, so good to see you, how are you doing?"

„Great, we're putting a Band together and rock the World. Could we have some Breakfast in between?"

Dann begrüßt mich noch mein „Breakfast Club" aus 2009 und einige andere Bekannte. Es macht schon irgendwie Spaß, zu Hause zu sein, auch wenn sich es bisher mehr so anfühlt als dass es Tatsache ist.

„Holly, kriegst du das mit dem Casting hin, weißt du, was für Leute ich suche?"

„Ich denke schon. Vertraust du mir?"

„Sonst würde ich dich nicht fragen."
„John, hast du Lust mal wieder nach Europa zu fliegen, ihr habt doch eure Hochzeitsreise dorthin gemacht?"

Andy McFeel

über

Umwege

„Würde es dir was ausmachen, meine Frau mitzunehmen? Das wäre eine einmalige Chance, du weißt, dass wir kein Geld haben? Warum willst du mich überhaupt mitnehmen, du könntest doch alles alleine klar machen?"

Nach einigem Nachdenken kommt dann.

„Vielleicht habe ich vieles zu lange alleine gemacht. Und außerdem hab ich keinen Bock mehr darauf, einsam zu sein. Jeanette ist herzlich eingeladen, und wir finden garantiert Zeit, Hamburg ein bisschen zu erkunden. Vielleicht sollten wir uns drei Tage Zeit nehmen, dann könnte ich euch noch zeigen, wo ich aufgewachsen bin. Obwohl heute nichts mehr darauf hindeutet. Die haben bereits alle Schäden beseitigt."

„Nee lass mal Andy, ich muss zwischendurch auch mal wieder nach meiner Familie sehen. Du kriegst das schon allein hin."

Na toll, soviel zum Thema du bist nicht allein und wir helfen dir schon.

„Andy, " meldet sich Holly, "warum willst du mich nicht in Hamburg?"

Jetzt bin ich ja mal so was von platt.

Und mir fällt so gar nichts mehr ein, was ich noch sagen könnte. Es kullern nur die Tränen....

und diesmal sind es meine. Ich Idiot.

Andy McFeel

über

Umwege

Kapitel XXVII

Wir setzen gegen 10:30 a.m. zum Landeanflug an auf
Fuhlsbüttel und Holly ist außer sich vor Entzücken.
„Oohh alles ist weiß, that's what I call Christmas." Ich
denke nur, toll erst nasse Kälte und jetzt auch noch gefro-
ren. Behalte aber meine erbaulichen Gedanken für mich,
um die Stimmung nicht zu verderben. Bin ja schließlich
bald auch wieder weg, also lass sie genießen, was dir tie-
risch auf den Keks geht. Gleich nach dem Touchdown bin
ich wieder der alte, miesepetrige, vom Leben verschlisse-
ne und all seiner Hoffnungen beraubte Idiot. Irgendwas
zwischen diesem Land und mir läuft ziemlich daneben.
Ich sollte mich mal ein bisschen zusammen reißen zur
Abwechslung und meine Zeit mit Holy genießen, die sich
vor Freude gar nicht mehr einkriegt.

Wir verbringen den nächsten Tag in meiner WG Wohnung, in der ich versuche, alles zu finden, was ich für
meine zukünftige Karriere brauchen könnte.

Nebenbei fragt mich mein Mitbewohner Sven Löcher in
den Bauch.

„Wie habt ihr euch denn kennen gelernt in so kurzer Zeit
und wiese kriegst du da jetzt eine Chance als Musiker,
hattest du doch in Deutschland nie, und überhaupt, was
war'n da drüben los?"

Andy McFeel

über

Umwege

„Lies irgendwann meine Memoiren, dann wirst du's wissen, Sven. Ich hab noch soviel zu tun und keine Zeit, dir eine Nacht lang diese irre Geschichte zu erzählen. Hast du schon einen neuen Mitbewohner gefunden? Und hast du mir meine MP3s geschickt?"

Natürlich hatte er das versemmelt und somit ist die Konversation auch schön schnell abgewürgt. Nachdem Holly das alles so schön ertragen hat, denke ich, ich muss ihr mal einen Gefallen tun und ich lade sie auf den Hamburger Weihnachtsmarkt ein. Sie ist hingerissen von so viel Weihnachten und wir verbringen einen harmonischen Abend mit einander, sie lässt mich von ihrem kandierten Apfel abbeißen, ich teile meine gebrannten Mandeln mit ihr, und trotz allem ist es ein Abend, der mir sehr viel Selbstbeherrschung abverlangt. Diese Menschenmassen, die sich tagsüber im Büro mobben, und abends so tun, als wäre nichts gewesen. Kotz.

„Och, Andy, jetzt versöhne dich doch mal mit deinem Land, ist doch alles so schön hier."

Soll ich ihr in dieser Situation sagen, dass dieses Land all meine Träume zerstört hatte. Wäre irgendwie unangebracht gewesen.

Also nicke ich geistesabwesend.

Als wir uns dem Ausgang des Weihnachtsmarktes nähern sage ich, „Holly, wenn ich meinen Krempel in die Staaten schaffen will, brauche ich einen Lear Jet."

Andy McFeel

über

Umwege

„Ach Schatz, wie kannst du jetzt an so etwas denken, wo's doch grad so schön ist."

Wie Recht sie hat, … aus ihrer Sicht.

„Holly, hier verbringen Firmen ihre Weihnachtsfeier und tun so, als wären sie eine große Familie und wenn sie sich morgen im Büro wieder treffen, dann rammen sie sich das Messer ins Kreuz. Können wir jetzt bitte nach Hause gehen?"

„Woher weißt du das?"

„Würde ich dir das erzählen, wenn ich es nicht aus eigener Erfahrung wüsste?"

„Sind die so Scheiße?"

„Yup, genauso Scheiße wie manche Amerikaner. Können wir jetzt nach Hause fliegen?"

Ich habe noch ein paar Telefonate zu führen und meinen Nachmieter abzusegnen und dann kann es mit einem Tag Verspätung losgehen. Wir fliegen doch regulär Linie, da ein Privatflieger ein wenig außerhalb des aktuellen Budgets liegt, wie Dennis mir am Telefon erklärt hatte.

„Wird Dennis am Flughafen sein, um wieder für mich zu bürgen?"

„Nein", sagt Holly, „er hat keine Zeit, aber vielleicht fällt dir ja noch 'ne andere Möglichkeit ein."

Na toll, ich habe ja auch keine anderen Sorgen.

Andy McFeel

über

Umwege

„Holly, habe ich dich vernachlässigt?"

„Teils, teils."

„Findest du es schlecht, dass ich so auf meine Karriere fokussiert bin, und die Freunde, die mich unterstützen, nicht enttäuschen möchte?"

„Nein. Ich würde mir wünschen, dass du weißt, was du wirklich willst."

Damit verlässt sie ihren Sitz und geht auf's Klo. Toll, was'n jetzt schon wieder.

Ich hab mich um sie gekümmert, ich habe ihr sagt, dass ich sie liebe, was denn jetzt noch. Frauen!!!

Als sie zurück kommt stelle ich sie zur Rede, ich kann so einen Streit nicht brauchen.

„Holly, ich habe mit dem Heiraten zwei Mal in meinem Leben schlechte Erfahrungen gemacht. Kannst du nicht einfach so meine Frau sein?"

Schweigen, Stille, Nachdenken, nun sag schon was, Frau.

Endlich, „doch, Andy, mir geht es genauso. Vielleicht hast du Recht, ich habe auch eine schmutzige Scheidung hinter mir, wie ich dir damals in Nashville erzählt habe. Wenn es dir genauso Ernst ist mit mir wie mir mit dir, dann bin ich dabei."

Na geht doch. Wobei romantisch geht anders, denke ich mir. Aber das lässt sich ja auch noch nachholen.

Andy McFeel

über

Umwege

Wenigstens geben wir uns einen tiefen und innigen Kuss.
Nun, da das geklärt ist gehen unsere Gedanken wieder
Richtung Vorbereitungen für unsere Band.

„Übrigens während du deine Sachen gepackt hast habe
ich mit ein paar Musikern in Nashville telefoniert. Wir
können sie kurzfristig für Auditions terminieren. Meinst
du nicht, wir sollten vielleicht doch lieber die Leute zu
Dennis ins Studio holen, wo es ein bisschen privater ist?
Schließlich wollen wir ja auch sehen, ob sie in ihrer Per-
sönlichkeit zu uns passen. Da ist das Guitar Center doch
ein bisschen zu öffentlich, oder?"

„Du hast völlig Recht, Schatz, war eine dumme Idee von
mir. Ich dachte nur, dort würden mir absagen leichter fallen, aber irgendwie ist das auch Quatsch. Nein, wir machen das bei Dennis und wenn es

musikalisch passt, setzen wir uns hinterher mit ihnen zusammen, und klären, ob es auch zwischenmenschlich zusammen geht. Wobei mir gerade einfällt, ich dachte ursprünglich an Einzelauditions, aber wie wäre es, wenn wir
uns gleich die komplette Besetzung einladen? Denn, die
müssen sich ja auch verstehen, und da würden wir auch
gleich feststellen, ob die untereinander auch musikalisch
und menschlich zueinander passen. Außerdem spart uns
das natürlich eine Menge Zeit."

Andy McFeel

über

Umwege

„So machen wir es, Liebster, macht total Sinn für mich."
„Cool, dann hätte ich, wenn wir zurück sind gern einen
Tag Zeit, mich selbst vorzubereiten während du unsere
künftige Truppe zusammen telefonierst."

„Aye aye, Sir." Und irgendwie muss ich sie schon wieder
küssen. Sie kann so süß sein.

Wenig später setzen wir zur Landung an und allmählich
bekomme ich feuchte Hände.

Darf ich nun einreisen, oder nicht, so langsam begreife
ich das Amerikanische System nicht mehr, aber das geht
mir schon länger so. Also vertraue ich darauf, dass meine
Süße mich im Zweifel raus haut.

Auch wenn mir diese Gedanken alle paar Sekunden ein
bisschen zu optimistisch erscheinen, was den Schweiß-
fluss an meinem Körper nicht verringert.

Okay, ändern kann ich es sowieso nicht, also setze ich
dem Immigration Officer gegenüber mein freundlichstes
Gesicht auf.

„Was ist der Anlass ihres Besuches?"

„Nun, erstens lebt meine zukünftige Frau hier, hier, die
Dame hinter mir, und zweitens strebe ich hier eine Musik-
karriere an."

Andy McFeel

über

Umwege

„Oh, was spielen sie?"

„Gitarre, Keyboards, Schlagzeug und zu allem Überfluss singe ich auch noch."

„Schreiben sie ihre Songs selbst?"

„Höchstpersönlich, aber ich habe auch ein paar Co-Writer in Nashville, die mir mit ihren Texten helfen."

„Das klingt Erfolg versprechend, geben sie mir ein Autogramm, hier auf diesem Zettel?"

Wow, damit sollte doch alles in Ordnung sein.

„Und jetzt zum Dienstlichen, Sir. Warum standen sie bis vor Kurzem auf der No-Fly-List , und noch dringender würde ich gern wissen, warum sie nicht mehr darauf stehen, Sir!"

„Sie können sich vorstellen, dass ich auf derartige Vorgänge keinen Einfluss habe, aber ich hatte in 2009 mal meinen Rückflug nach Deutschland verpasst, wurde daher mit abgelaufenem Visum erwischt..."

„Hier steht was von DUI."

„Das war ein Irrtum, ich bin nach einem Bier im Club Auto gefahren und der Sheriff musste halt Quote machen."

Andy McFeel

über

Umwege

„Quote machen?"

„Na ja, in Amerika scheint es üblich zu sein, dass ein Sheriff so und so viele Leute pro Nacht verhaften muss, damit sich seine Dienststelle rechnet."

„Woher wissen sie das?"

„Von den Mitinsassen im Knast, die offensichtlich sehr viel besser über das Amerikanische Justizsystem informiert waren als ich."

„Aber das werden sie niemals öffentlich sagen."

„Aber niemals."

Tack, der Einreisestempel und ich war wieder in Amerika, in diesem bekloppten Land mit den netten Menschen, die allerdings von Schwachköpfen regiert wurden, aber das ist in Deutschland schließlich auch nicht anders.

Home Sweet Home.

Andy McFeel

über

Umwege

Kapitel XXVIII

Nach der Immigration kommt Holly auf mich ganz aufgelöst zu und umarmt mich heftig. „Und ich dachte schon, die würden dich wieder für Monate wegsperren und dann ausweisen. Vielleicht sollten wir doch heiraten, Liebster, damit du wenigstens diesen Scheiß hier nicht mehr durch machen musst." Ich frage mich, welch anderer Scheiß mich dann wohl erwarten würde, sage aber nichts.

Holly überrascht mich mit der Information, dass unser zukünftiger Bassist uns abholen würde. Abgesehen davon, dass ich das ja wohl zu entscheiden habe, wer unserer zukünftiger Bassist werden würde, finde ich ihn als Chauffeur gut.

Pünktlich, gute Fahrweise, und er brachte uns zu allem Überfluss noch dahin, wo wir hin wollten. Dann sollte er doch in der Lage sein, 4 Saiten zu beherrschen, immerhin spielte ich 6 Saiten und 88 Tasten und diverses Percussion Zeugs, auch Schlagzeug genannt. Ich will gerade klingeln, da öffnet sich die Tür. Ach was, ein bekanntes Gesicht.„Jeanette, was machst du denn hier?"

„Na ja, John kam nach Hause und erzählte, wie toll alles hier war, er hat aktuell keine Arbeit, also haben wir Dennis gefragt, ob wir ein paar Tage von Nutzen sein können."

Andy McFeel

über

Umwege

„Und wie ich mich freue, euch zu sehen, hey John", der mittlerweile auf der Bildfläche erscheint.

„Also hast du es geschafft? Ich meine, wieder bei Uncle Sam einzureisen."

„Yeah, sieht so aus, aber es war nicht so leicht wie es aussieht. Aber egal. Haben wir ein Barbeque hier draußen oder dürfen wir reinkommen? In das Haus MEINES Musikverlegers."

„Nur herein, sorry, Andy, kommt rein, in welches Zimmer sollen wir euer Gepäck bringen?"

„Nun werde mal nicht albern, John, das kriegen wir schon alleine hin, was gibt's zu Essen heute?"

„Wir dachten, wir machen es wie bei uns zu Hause."

„Also mehr oder weniger vegetarisch. Schön.

Ich werde eh zu dick."

Ich kann so charmant sein.

Als wir um einen mit Salaten, Tacos, Chips und weiteren Köstlichkeiten reich gedeckten Tisch zusammen kommen und uns darüber her machen, muss Holly erst mal alles über Deutschland und insbesondere Hamburg, und hier genau über den Weihnachtsmarkt berichten. Das gibt mir Zeit, mich mit Steve, unserem Chauffeur und potentiellen Bassisten näher zu befassen.

Andy McFeel

über

Umwege

„Steve, wo hast du bisher so gespielt" frage ich durch das allgemeine Stimmengewirr.

„Die meisten Zeit war ich mit Holly auf Tour, und als sie die Tourerei aufgegeben hat, habe ich im Studio mein Geld verdient."

„Und jetzt willst du wieder auf Tour? Ist Studioarbeit nicht viel angenehmer? Immerhin bist du abends zu Hause."

„Es gibt für neue Studio Musiker dieser Tage nicht mehr viel zu tun. Die Etablierten, die seit 30 Jahren im Geschäft sind, sind die, die Kohle machen. Und das ja auch völlig zu Recht."

„Gary Burr hat sich auf meiner Internet – Seite mal ähnlich geäußert, er ist mit Kenny Loggins noch mal auf Tour gegangen. Verrückte Welt irgendwie."

„Steve, hast du schon was von meinen Sachen gehört?"

„Holly gab mir ein paar Links. Cool Stuff Brother. I dig your Sound. Ich kann auch zu einigen schon mit spielen, aber letztlich weiß ich ja nicht, welche von den vielen Songs du ins Programm nehmen willst."

„Deine Einstellung gefällt mir, vorbereitet sein, aber nicht zu viel unnütz proben, bevor man weiß, wo's lang geht. Cool. Wenn dein Bass so groovt wie du denkst, könntest du dabei sein."

Andy McFeel

über

Umwege

„Das würde mich sehr freuen, Andy. Ich mag deine Songs und die Arrangements echt. Ist halt ein bisschen rockiger als Old Country, aber das ist zur Zeit ja auch gefragt."

„Mal was organisatorisches. Was würdest du verdienen wollen pro Show? Wenn du weißt, dass ich ein Newcomer bin"

„Mich kriegst aktuell für 200 die Nacht."

„Ich werde das Dennis vorschlagen. Aber proben werden nicht bezahlt, das sage ich gleich. Ich gebe jedem der Band CDs mit, so dass er sich das Zeugs zu Hause draufschaffen kann, dann gibt's ein bisschen Feinschliff hier bei Dennis und dann geht's los."

„Endlich mal einer, der weiß wie man so was organisiert. Wenn du mich willst, ich bin dabei, Andy."

Na das ist doch schon mal ein Anfang.

„Sag mal, als Basser müsstest du doch auch gute Drummer kennen."

„So einige, aber die müssen natürlich ins Budget passen. Wir waren mit einem alten Recken unterwegs, der würde, glaube ich, nicht passen. Aber ich denke mal darüber nach und rufe ein paar Leute an. Kann ich denen deine Links geben?"

Andy McFeel

über

Umwege

„Klar, sonst wäre das einigermaßen sinnlos, oder? Aber sprich dich bitte mit Holly ab, sie hat auch schon ein bisschen herum telefoniert."

„Gemacht."

„Ich werde noch 'nen Scotch und ein Zigarettchen auf der Veranda nehmen, die 3 anderen trinken nicht, kommst du mit?"

„Klar Mann, ich bin Musiker."

„Dann lass uns unsere Mäntel von der Garderobe mit nehmen, ist doch einigermaßen frisch draußen."

Steve besorgt die Mäntel, ich die Drinks. Geht doch.

Wow, als wir auf die Veranda treten fegt uns ein frischer Wind um die Ohren, na ja, für einen ehemals Norddeutschen eher eine Brise.

Aber auch Nashville scheint so etwas wie Winter zu kennen.

„Wie kuschelig mit unseren Eiswürfeln im Glas."

„Andy, du weißt doch, Whiskey wärmt von innen."

„Stimmt, Brother."

„An welche Besetzung hast du eigentlich gedacht?"

„Tja, ich spiele Gitarre, Keyboards und singe die erste Stimme. Also brauche ich eine zweite Gitarre, Bass, Schlagzeug und was mir in Nashville wirklich gefallen

Umwege

hat und womit ich noch nie gearbeitet habe, eine Pedal Steel. Das wäre echt ein Spaß, meine modern Pop Songs mit Pedal Steel Country – tauglich zu machen. So wie Keith Urban es mit dem Banjo macht."

„Alter, du hast dich echt mit dem Business beschäftigt, oder?"

„You better believe that one."

„Ich kenne einen alten Steel Player in Nashville, ein Freund von mir, möchtest du, dass ich ihn mal anrufe?"

„Ich bitte darum."

In den nächsten 2 Tagen werden eine Menge Musiker in Nashville angerufen während ich 10 Stunden pro Tag im Studio verbringe, um selbst wieder in Form zu kommen und meine alten Songs wieder zu lernen.

Am dritten Tag kommt Holly gegen Feierabend ins Studio und verkündet stolz, „Ich glaube, ich habe alle beisammen." „Na" sage ich, "dann hoffe ich nur, dass ich gut genug für die bin. Mir bluten fast die Finger und meine Stimme ist auch noch nicht da, wo sie einmal war."

„Dearest, solche Gedanken darfst du nicht einmal denken. Du bist einer der besten Songschreiber auf diesem Planeten und du hast eine großartige Stimme. Du musst nur nach allem, was du erlebt hast, den Glauben an dich wieder finden.

Andy McFeel

über

Umwege

Komm, Schatz, lass uns Essen gehen."

Ich wusste, diese Frau ist ein Juwel. Jeder starke Mann hat an seiner Seite eine starke Frau.

Wer das bezweifelt kann es ja mal alleine versuchen.

Dennis kommt plötzlich ins Studio, „Wie weit bist du, Andy?" „Könnte klappen für's Erste."

„Das muss es auch, kann sein, dass ihr den Opener für Keith Urban macht. 3 Songs, übermorgen.

Get ready!"

Ach es ist doch so schön, ohne Druck zu arbeiten.

„Wann wissen wir, ob oder ob nicht?"

„Wenige Stunden vor der Show."

„Großartig, wir haben noch nicht eine einzige gemeinsame Probe gehabt, warum müsst ihr immer alles übers Knie brechen.","Welcome to American Show Biz, Andy."

„Dennis, wir wollen die nächsten Tage proben und ein 3 Song Demo aufnehmen."

„Super, ich sage ein paar Termine ab und mache den Toningenieur für euch."

Ich bin nicht sicher, ob mich das beruhigen soll, aber wenigstens habe ich eine zweite Meinung, ob's passt oder nicht. Und ich traue Dennis schon einiges zu, sonst wäre er nicht so lange im Geschäft.

Andy McFeel

über

Umwege

„Okay Holly, trommle die Leute zusammen für morgen um 10. Und dann lass uns was Leckeres Essen gehen, ich bin echt platt.

Danke Dennis für all deine Hilfe."

„Andy, alles, was ich sehe, ist, dass du der am härtesten Arbeitende bist, den ich je im Music Biz gesehen habe. Macht euch einen schönen Abend."

Und damit lässt er uns allein.

Holly telefoniert noch rum, ich nehme mir einen Scotch und gehe auf die Veranda. Ich schätze, der Countdown für meine Karriere hat gerade begonnen. Entweder Strike oder Out, das sind die einzigen zwei Möglichkeiten in Amerika. Warten wir mal ab und hoffen das Beste. Ansonsten kann ich immer noch Holly heiraten und als Kellner arbeiten.

Scheiß drauf.

Nachdem Holly alle zusammen getrommelt hat, habe ich eine Idee.

„Holly, schlag mich nicht, aber wie wäre es, wenn wir unsere Band heute zum Essen einladen würden und eine Art Einsatzbesprechung abhalten würden."

„Hättest du mir das nicht gleich sagen können?"

Andy McFeel

über

Umwege

„Doch, wenn ich da die Idee schon gehabt hätte. Ich habe dir niemals versprochen, dass es mit mir leicht sein würde."

„Aber Süßer, das ist es doch (gibt mir einen dicken Kuss). Nur manchmal überholen sich deine Gedanken zu spät.

Also gut, ich rufe die Jungs noch mal an."

Also habe ich Zeit für einen weiteren Scotch und eine Zigarette. Manchmal sind verspätete Einfälle ja auch für etwas gut.

Kapitel XXIX

Tatsächlich sitzen wir eine halbe Stunde später in einem Steak Restaurant zusammen und lassen es uns gut gehen. Ich halte die erforderliche Rede an meine Band in Bezug auf Zusammenhalt, die Chance, die wir nicht haben, zu nutzen und so weiter und stelle fest, dass ich nicht der Einzige bin, der weiche Knie bekommt, wenn er vielleicht in der Bridgestone Arena in Nashville spielen soll, vor 120.000 Leuten.

Fühlt sich irgendwie gut an. So was wie Solidarität macht sich breit und jeder freut sich auf die ersten Proben. Holly muss nach Hause fahren, da ich mit einigen Jungs noch die eine oder andere Anekdote ausgetauscht habe.

Andy McFeel

über

Umwege

Ist hoffentlich nicht so schlimm. Vielleicht kennt sie es ja auch gar nicht anders nach 23 Jahren auf Tour. Männer halt.

Can't live with 'em, can't live without 'em.

Als wir später im Bett liegen, „Andy, du weißt schon, dass das die Chance deines Leben ist."

„Ach, Schatz, es ist schon soviel in meinem Leben schief gegangen, da kommt es darauf auch nicht mehr an."

„Was machst du, wenn's nicht klappt?"

„Dann heirate ich dich und arbeite als Kellner."

„Meinst du das Ernst?"

„Nein, ich würde dich entgegen aller meiner im Laufe meines Lebens gefassten Grundsätze ...sowieso heiraten. Willst du mich denn auch?"

„Oh, Baby, du weißt nicht, wie sehr. Ich habe noch nie einen Mann wie dich kennen gelernt. Ihr Deutschen mögt anders sein, aber ich liebe es."

Andy McFeel

über

Umwege

„Alles okay, solange du dir bewusst bist, dass ich kein typisch Deutscher bin. Genauso wenig wie du eine typisch Amerikanische Göre bist. Vielleicht sind wir halt etwas Besonderes. Du bist es alle mal."

Nach dem Frühstück verabschieden sich John und Jeannette. John will Jeanette Radnor Lake und den Zoo zeigen und vielleicht noch die Hall of Fame. Ich wünsche ihnen einen schönen Tag, bin mit meinen Gedanken aber bei meiner Musik. Da fahren auch schon einige Autos in der Hauseinfahrt vor und Holly und ich gehen vor die Tür, um unsere Band zu begrüßen und beim Ausladen des Equipments zu helfen. Nach einer halben Stunde haben wir alles in den Keller gebracht und wir beginnen, uns aufzubauen während Dennis zwischen uns herum wuselt, um uns mit dem Mischpult zu verkabeln. Wir wollen die Proben aufnehmen, um objektiv hören zu können, wo es vielleicht quietscht und vielleicht kommt ja auch ein Demo dabei rum.

Als wir schließlich mit „Waste of Time" loslegen weicht meine anfängliche Nervosität einem wohligen Gefühl. Nach wenigen Takten scheint alles wie aus einem Guss zu klingen.

Ich ziehe mal wieder innerlich den Hut vor diesen hochkarätigen Nashville Musikern.

Andy McFeel

über

Umwege

Nur etwas stört mich, aber ich weiß noch nicht was. Wir nehmen noch zwei weitere Songs auf und gehen dann nach einer Zigarettenpause zu Dennis in den Kontrollraum, der durch eine Glasscheibe von dem Aufnahmeraum getrennt ist.

„Okay, Dennis, dann lass mal hören" sage ich und schon ertönen die ersten Takte.

Es klingt sehr schön, flüssig, groovt gut und meine Stimme verbindet sich mit dem Chor zu einem verschworenen Ganzen, als würden wir schon seit Jahren zusammen spielen und singen.

Doch irgendetwas stimmt nicht.

„Dennis, kannst du mal die Steel muten, bitte." Gesagt, getan, und plötzlich klang alles perfekt.

„Dennis, halt mal an. Ich habe noch nie mit einer Steel gearbeitet, aber so wie es ist, gefällt es mir nicht. Sam, ich habe das Gefühl, du machst zuviel und kommst dem Keyboard in die Quere."

Betretenes Schweigen, welches mir zeigt, dass ich Recht habe. Sam sieht sehr zerknirscht aus und fragt schließlich:

„Andy, kann ich dich mal allein sprechen?"

Andy McFeel

über

Umwege

„Klar, gehen wir eine rauchen. Ihr Anderen könnt ja noch weiter reinhören, ob euch noch etwas auffällt, dann lässt Dennis erstmal die Steel stumm geschaltet, oder ihr probt noch ein bisschen.

Bin gleich zurück."

Auf der Veranda angekommen stecke ich mir eine Fluppe ins Gesicht und warte ab.

„Andy, wie du vielleicht raus gehört hast, habe ich 30 Jahre lang Traditional Country gespielt, du weißt schon, Three Chords an the Truth, und deine Musik ist wirklich anspruchsvoll. Ich mag deine Songs total gern, aber ich brauche ein bisschen Zeit."

Er guckt so betreten, dass ich ihn frage:

„Was ist sonst noch, Sam?"

„Ich brauche den Job, Andy, sonst droht mir die Pleite. Ich habe zwar noch ein kleines Boot am Percy Priest Lake, aber das wird nicht viel bringen."

„Dann werden wir beide eine Spätschicht einlegen müssen, um deine Steel mit meinen Arrangements in Einklang zu bringen."

Andy McFeel

über

Umwege

„Alles, was du willst, Andy. Danke für eine zweite Chance, die kriegt man selten in Nashville, die Konkurrenz ist einfach zu groß."

„Freunde lässt man nicht hängen, Kumpel. Lass uns noch ein bisschen proben gehen."

Als wir durch den Flur gehen sehen wir Dennis ganz aufgeregt telefonieren.

Unten im Studio kündige ich an:

„Okay, Jungs, Sam und ich setzen uns heute Abend

in einer Sonderschicht zusammen, damit ich endlich mal lerne, wie man eine Pedal Steel arrangiert."

Da brandet spontaner Applaus auf, da einige wohl schon befürchtet hatten, ich würde Sam feuern bevor wir richtig angefangen haben. Ich sehe tiefen Respekt in den Augen der Bandmitglieder und denke, das Fundament für eine vertrauensvolle Zusammenarbeit ist damit gelegt.

In diesem Moment kommt Dennis die Treppe herunter: „Leute, ihr werdet es nicht glauben.

Ich habe die Tage ein bisschen rumtelefoniert und es stellte sich heraus, dass Keith Urban Andy aus Andy's Zeit in Nashville 2009 kennt. Nennt es Gottes Fügung, aber er hat gerade den Gig morgen bestätigt.

Andy McFeel

über

Umwege

Ihr seid dabei." Großer Jubel brandet auf und alle klopfen mir auf die Schulter.

Also steige ich ein bisschen auf die Euphorie Bremse. „Leute, noch haben wir nichts gewonnen.

Wann spielen wir, Dennis?"

„Morgen gegen 19:00 h."

„Okay, es ist jetzt 15:00h. Lasst uns das Set noch zweimal durchspielen und lasst euch von Sam nicht irritieren, wenn er einige Dinge ausprobiert.

Los geht's."

2 Stunden später packen die Jungs ihre Sachen zusammen und beladen ihre Autos.

„Sam, was hältst du davon, wenn wir erstmal eine Kleinigkeit Essen gehen bevor wir uns wieder an die Arrangements setzen?"

„Ich bin dabei, Andy."

Als Holly und ich die Band vor dem Haus gerade verabschiedet haben kommen John und Jeannette von ihrem Ausflug zurück.

„Na, wie war euer Tag, Jeanette?"

Andy McFeel

über

Umwege

„Es war ein guter Tipp von dir, Radnor Lake ist ein Natur Paradies."

„Sagt, Sam, Holly und ich wollen gerade eine Kleinigkeit Essen gehen, wollt ihr mit?"

„Wohin geht's?"

„Keine Ahnung, McDonald's oder so was."

Da schlägt John vor, „Wie wär's mit Taco Bell?"

„Ist mir auch recht, ich glaube, da war ich noch nicht."
Als alle einverstanden sind machen wir uns auf den Weg.

Nachdem alle bestellt haben sagt John:

„Morgen werden wir wieder zurück fahren, mal wieder nach unseren Söhnen sehen. Aber wir haben es sehr genossen hier. Danke, Andy."

„Danke lieber Dennis. Da wird euch aber etwas entgehen."

John und Jeanette schauen mich fragend an.

„Da ich und meine Band ja immerhin schon eine ganze Probe hatte heute, spielen wir morgen for 120,000 Leuten in der Bridgestone Arena hier in Nashville."

„Du machst Witze."

Andy McFeel

über

Umwege

„Nope, wir spielen 3 Songs als Vorgruppe für Keith Urban. Er hat mich wohl seit 2009 nicht vergessen."

„Mann, Andy, das ist ja großartig. Dann war dein ganzer Schlamassel ja vielleicht doch noch für etwas gut."

„Das sage ich dir nach dem Gig. Heute Abend müssen wir erstmal Pedal Sam in meine Musik einbauen, aber das wird schon klappen."

John und Jeannette freuen sich aufrichtig mit uns und wir essen alle mit gesundem Appetit.

Natürlich verschieben John und seine Frau aufgrund der guten Nachricht ihre Abreise. Nachdem wir wieder bei Dennis angelangt sind machen Sam und ich uns an die Arbeit. Gegen 11:00h verabschiede ich ihn und falle wie tot ins Bett. Aber ich schlafe mit einem befriedigten Gefühl ein, nach getaner Arbeit. Ich glaube, das wird gut morgen.

An Holly angekuschelt schlafe ich selig und träume von besseren Zeiten. Hamburg ist so weit weg als läge die Stadt auf einem anderen Planeten.

Wenn morgen alles einigermaßen klappt bin ich vielleicht endlich angekommen, da, wo ich immer hin wollte.

Wir werden sehen.

Andy McFeel

über

Umwege

Kapitel XXX

Am Sonntagmorgen um 10:00 h sitze ich mit ziemlich verschlafenen Augen und John neben mir in Dennis' Van. Wir sind auf dem Weg zum Percy Priest Lake. Pedal Sam hatte uns am Abend zuvor zum Fischen eingeladen. Da ich davon keine Ahnung habe, hat John sich bereitwillig angeboten, mitzukommen.

Bei unserer Ankunft an einem kleinen Bootshafen mit einigen Stegen winkt uns Sam schon von seinem Boot aus zu. Dennis hatte uns sein Angelzeug geliehen und Sam wollte die Köder besorgen. Also stiefeln wir müde, aber gut gelaunt den Steg entlang.

„Ahoi Käpt'n, bitte an Bord kommen zu dürfen."

„Nur zu, Andy. Wusste gar nicht, dass du dich mit maritimen Dingen auskennst."

„Ach Sam, vielleicht haben wir irgendwann mal die Zeit, dass ich dir von meinem Atlantik Abenteuer berichte, aber erstmal bin ich froh, dass das hinter mir liegt. Hast du die Köder besorgt?"

„Hast du das Bier besorgt?"

„Dann können wir ja ablegen."

Andy McFeel

über

Umwege

John macht es sich mittschiffs bequem während ich die Leinen los mache und Sam den kleinen Außenborder anwirft. Als wir in den Wind kommen setzen wir Segel und stellen den Motor aus. Ich mache den Vorschoter und bei gemütlichen 3 Windstärken gleiten wir über den See. Es verspricht, ein wunderbar sonniger Tag zu werden, aber alles andere wäre unserem Erlebnis von gestern Nacht auch nicht gerecht geworden.

„Wie fühlst du dich, Andy? Wir haben richtig abgeräumt gestern, oder?"

Das haben wir und ich bin zwar ein bisschen müde, die After Show Party ging doch recht lange, aber ich könnte glücklicher nicht sein. Das I-Tüpfelchen war natürlich, dass Dennis uns für heute frei gegeben hat.

„Andy, ich möchte dir danken, dass du mir eine zweite Chance gegeben hast. Gestern ging ein Kindheitstraum für mich in Erfüllung. Ich wollte einmal in meinem Leben vor einer solchen Kulisse spielen."

„Da sind wir schon zwei, Sam. Hat doch geklappt."

„Ja und das ihr für Jeannette und mich noch Backstage Karten besorgen konntet. Es war unglaublich.

Andy McFeel

über

Umwege

Andy, ich wusste ja, dass du Profi bist, aber wie cool du
deine Jungs organisiert hast, wie überzeugend du als
Frontmann warst, wie schnell ihr auf und wieder abgebaut
habt. War schon beeindruckend, Alter."

„Da haben sich wohl einige Jahre Bühnenerfahrung aus-
gezahlt. Hauptsache, die Band hat insgesamt überzeugt
und das hat sie. Dennis plant schon eine Sommer Tour,
aber da werden wir unser Repertoire noch ein wenig er-
weitern müssen."

„Okay, John," sagte Sam, „hier sollten die Köder ins
Wasser, dies ist eine gute Stelle." So macht sich John ans
Werk und binnen weniger Minute tanzen 3 Schwimmer
auf den kleinen Wellen. Nun heißt es, das erste Bier zu
köpfen, eine Zigarette anzuzünden und abzuwarten. Die
friedliche Stille, das sanfte Plätschern der Wellen am
Bootsrumpf, erst jetzt kann ich richtig runterfahren und
mich entspannen.

2 Stunden, 7 Fische, und einige Anekdoten später nehmen
wir Kurs auf den Campground, auf dem ich 2009 meinen
Camping Trailer abgestellt hatte, bevor wir ihn zu unserem Grundstück brachten.

Andy McFeel

über

Umwege

Wir legen an und finden „unseren" Platz verwaist vor. John hat die Holzkohle, Sam die Fische, ich das Bier, also will ich den Hügel hoch zur Anmeldung gehen, um zu klären, ob wir hier grillen dürfen und was wir zu bezahlen haben. Auf dem Weg dorthin kommt mir schon das Betreiber Ehepaar entgegen, das mich aus 2009 noch zu kennen scheint.

„Andy, wie schön, Sie nach so langer Zeit mal wieder zu sehen."

„Danke, dass ist sehr freundlich, ich freue mich auch sehr. Sagen Sie, 2 Freunde und ich würden gern unsere gerade gefangen Fische grillen.

Aus sentimentalen Gründen an dem alten Platz. Wäre das in Ordnung und was haben wir zu zahlen?"

„Sie brauchen gar nichts zu zahlen, es ist uns eine Ehre, dass sie uns wieder besuchen."

„Dann tun Sie mir wenigstens den Gefallen und kommen Sie nachher vorbei, um unseren Fisch zu probieren."

„Zu gern, Andy, bis gleich."

Damit machen diese beiden so überaus liebenswürdigen Menschen kehrt.

Andy McFeel

über

Umwege

Als ich zum Lager zurück komme hat John in einem Stahlbehälter ein zünftiges Lagerfeuer entfacht während Sam gerade die Fische auf dem Grillrost verteilt. Irgendwie wirkt diese idyllische Szenerie fast surreal, aber ich nehme alles in mich auf.

Genieße den wunderschönen Tag, denn die nächste Katastrophe lauert bestimmt schon um die Ecke.

„Alles geregelt, Jungs. Ich habe diese super netten Leute zum Essen eingeladen."

Da kommen sie auch schon mit einer Kühltasche in der Hand." Ich mache alle miteinander bekannt.

„Andy, vielen Dank für die Einladung. Wir haben in unserem Kühlschrank noch ein paar Stücke Fleisch und Kartoffelsalat gefunden."

„Und ein paar Stücke von meinem selbst gebackenen Kuchen."

„Wer lädt hier eigentlich wen ein?", frage ich.

„Ist doch egal, wir freuen uns, euch zu Gast zu haben und hoffen, dass ihr uns noch oft besucht."

Das nennt man Southern Hospitality und die kannte ich inzwischen nur zu gut.

Andy McFeel

über

Umwege

Es ist immer wieder überwältigend, diese Gastfreund-
schaft und Freundlichkeit hier Down South zu erleben.

„Okay, aber jetzt schmeißen wir erstmal ein Bier für
euch."

„Danke, Andy, auf deine Karriere!"

„Cheers!"

Wir teilen alles unter uns auf und beginnen, genüsslich zu
speisen.

Plötzlich muss ich an die alte Geschichte denken und
pruste los vor lachen und kriege mich kaum wieder ein.
Dann erzähle ich allen die Geschichte als John einmal in
seinem Leben abwaschen musste.

„Andy, I can't believe, you made me do the dishes."

Und da gibt's auch für John und die anderen kein halten
mehr. Als wir uns wieder einigermaßen beruhigt haben
fragt unsere Gastgeberin.

„Andy, wir haben dich gestern im Fernsehen gesehen, als
Vorband für Keith Urban.

Ihr wart großartig."

„Oh, vielen Dank, wir haben uns Mühe gegeben."

Andy McFeel

über

Umwege

„Hast du es jetzt nach all diesen Jahren geschafft?"

„Das kann man noch nicht sagen.

Aber ich schätze es war ein Anfang."

The End

P.S.

Nachdem wir unser Essen bis auf den letzten Krümel verhaftet haben, plaudern wir noch ein Weilchen über dies
and jenes. Dann drängt Sam zum Aufbruch, da wir ja
noch eine Stunde Rückweg haben.

Also verabschieden wir uns und machen uns mit dicken
Bäuchen an Bord unseres Segelbootes auf den Rückweg
zum Heimathafen dieser schon etwas in die Jahre gekom-
menen Lady.

Auf halber Strecke frage ich so in die plätschernde Stille.

Andy McFeel

über

Umwege

„Und Jungs.

War das nicht ein gelungener Sonntagsausflug?"

„Total" sagt John.

„Die sind so unglaublich nett, die beiden."

„Ich fand es auch klasse, Andy" meint Sam.

„Und ich will dir auch gar nicht die Laune verderben. Aber John hat mir erzählt, dass du auf dem Atlantik das ein oder andere Unwetter durchsegelt hast. Willst du lieber ans Ruder?"

„Warum das denn" frage ich.

„Sieh mal nach Achtern."

Und ich drehe mich um und sehe eine pechschwarze Wand am Horizont, die näher zu kommen scheint. Außerdem weiß ich mittlerweile, dass das Wetter hier aus Westen kommt.

Und ich denke nur, nicht schon wieder….

Andy McFeel

über

Umwege

Andy McFeel

über

Umwege

Andy McFeel

über

Umwege

Andy McFeel

über

Umwege

Zeitfracht Medien GmbH
Ferdinand-Jühlke-Straße 7
99095 Erfurt, Deutschland
produktsicherheit@kolibri360.de